CB061287

TED

"Todo anjo é terrível."

Rainer Maria Rilke

E CO

poligrafiaeditora

NSTI

"É possível que eu me considere um homem inteligente apenas porque, em toda a minha vida, não pude começar nem terminar coisa alguma."

"Memórias de Subsolo", Fiódor Dostoiévski

RUIR

RUIN

IAS

Copyright ©2016 by Poligrafia Editora

A Arte de Construir Ruínas
ISBN 978-85-67962-04-7

Autor Adriano Garib
Coordenação Editorial Marlucy Lukianocenko
Projeto Gráfico e Capa Marcos Losnak
Imagem da Capa Claudio Francisco da Costa
Diagramação Luiz Alberto da Silva
Revisão César Magalhães Borges

A imagem da capa é uma reprodução da tela do artista plástico Claudio Francisco da Costa ("Angelous, Coração de Carvão"), criada exclusivamente para a obra "A Arte de Construir Ruínas".

Todos os direitos reservados. Este livro não pode ser reproduzido sem autorização.

Dados Internacionais de Catalogação na Publicação (CIP)
(Câmara Brasileira do Livro, SP, Brasil)

Garib, Adriano
  A arte de construir ruínas : romance de formação / Adriano Garib. -- Cotia, SP : Poligrafia, 2016.

  ISBN 978-85-67962-04-7

  1. Ficção brasileira I. Título.

16-01919   CDD-869.3

Índices para catálogo sistemático:
1. Ficção : Literatura brasileira 869.3

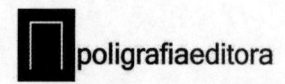

poligrafiaeditora

Poligrafia Editora e Comunicação Ltda-Me.
www.poligrafiaeditora.com.br
E-mail: poligrafia@poligrafiaeditora.com.br / poligrafiaeditora@uol.com.br
Rua Maceió, 43 – Cotia, SP - CEP: 06716-120
Fone: 11 4243-1431 / Cel. 11 99159-2673

Adriano Garib

A ARTE DE CONSTRUIR RUÍNAS

Romance de Formação

1ª Edição
São Paulo - 2016

poligrafiaeditora

"Um monge descabelado me disse no caminho: Eu queria construir uma ruína. Embora eu saiba que ruína é uma desconstrução. Minha ideia era de fazer alguma coisa ao jeito de tapera. Alguma coisa que servisse para abrigar o abandono, como as taperas abrigam."

Do poema "Ruína", de Manoel de Barros

PALAVRA DO AUTOR

Não saberia dizer o que me moveu a escrever isto. Digo, este "romance", que chamo "de formação", ciente de que toda prosa de ficção tem um caráter formativo.

Curioso, neste caso, é que já deveria tê-lo escrito há décadas. Somente agora, contudo, pra lá dos 50, logrei ser capaz de concluir uma história de fôlego um tanto maior. Por duas razões: preguiça e certo diletantismo.

Por outro lado, como preguiçoso e diletante tive lá umas vantagens. Mais tempo basicamente; para revisar os textos e viver um bom pedaço de minha vida, o que naturalmente reflete-se na obra e acaba por torná-la uma espécie de "diário interior". Não interessa ao leitor esse detalhe. Aliás, a ninguém, talvez somente a mim, razão pela qual decidi nomeá-la "romance de formação".

Não tivesse tido esse tempo sem prazos, mal teria terminado a coisa. Então teríamos um romance-ruína, ideia original que norteou o início do projeto: um livro inacabado, que tivesse sido abandonado, do qual se conhecessem apenas alguns trechos. Ao leitor caberia a tarefa de juntar os pedaços e preencher as lacunas.

...

No fim das contas, quis versar sobre o artista que decide, em sã consciência, não terminar sua obra e submetê-la aos caprichos do tempo, e que some misteriosamente sem deixar rastros.

A ARTE DE CO

STRUIR RUÍNAS

Ao meu pai, Isaac Garib Netto.

À nossa amada irmã Rachel Garib Iyda, todo nosso amor e gratidão.

Ao meu filho, Gabriel Simon Garib, amor eterno.

a parte de

Ângelo

1

Nome: Ângelo. Mais ou menos 50 anos. Mora sozinho e é adepto do celibato. Sustenta a convicção de que o casamento é uma doce impossibilidade. Deu-se conta, apesar da idade, de que não amadurecera o bastante para manter relações de afeto. Deu-se conta de que nunca estivera preparado para isso. Deu-se conta de que não pode viver sozinho e de que é imperativamente necessário aprender a viver sozinho. Deu-se conta de que não dispõe de estrutura material e afetiva para assumir essa espécie de compromisso e seus percalços. Deu-se conta de que nunca fora capaz de tolerar idiossincrasias alheias e de que sempre tivera sérias dificuldades com as suas. Deu-se conta de que gastara um bom dinheiro ou em frustradas tentativas de estabelecer laços afetivos ou, na falta disso, com terapeutas que nunca conseguira pagar ou, em casos emergenciais, com prostitutas que sempre arranjara um jeito de pagar.

Apesar do celibato, Ângelo faz sexo eventual com garotas de programa. Gosta das caras, e de duplas. Se o caso é o de contar com os serviços de uma profissional, uma só não faz sentido. Paga-se caro por uma foda regular, o que parece sem sentido. O ideal, para ele, é contratar duas. De preferência que já se conheçam.

No quintal de sua casa (herança de uma tia), na periferia da cidade grande, empenha-se, há anos, na feitura de uma obra que não consegue terminar. Faz de tudo para adiar o término da coisa, desde abandoná-la por longos períodos até simplesmente destruí-la para, sobre os restos da anterior, encetar nova tentativa. A obra é feita basicamente com materiais *in natura*, de forma a permitir que a ação do tempo a modifique.

Ângelo defende o paradoxo de que o agente da obra deve ter o máximo controle sobre seu trabalho, de maneira a ter o mínimo controle sobre o mesmo. Só ele entende o que isto quer dizer.

Pessoalmente parece simples e sereno. Coleciona relógios de todos os tipos, que espalha meticulosamente pela casa. Quase sem vícios, pita um cigarrinho vez por outra. Acorda cedo, medita regularmente e faz algum exercício físico. Cuida com zelo de seu jardim, herança da tia que faz questão de manter viva. Afora isso, é de pouquíssimos amigos. A literatura, o único passatempo que o satisfaz. Atualmente, lê Pynchon e relê Melville.

Não há espelhos em sua casa. E há um gato.

O nome do gato é Kafka. Kafka é azul. Na verdade cinza, mas no pedigree consta "azul". Ângelo gosta de dizer que tem um gato azul chamado Kafka. Em verdade não o tem. Um gato não pertence a ninguém, apenas dá a alguém o privilégio de sua companhia.

Um tanto soturno, embora doce e pacífico, Kafka come 27 vezes ao dia, espreguiça-se, caga, mija, e, nas madrugadas, corre atrás de uma bola de tênis pela casa. Ângelo acha graça quando ouve alguém dizer que gatos nada fazem o dia todo. Ele entende que ser gato é um trabalho em tempo integral. Mais ainda se considerarmos o fato do felino gastar um bocado de tempo e energia caçando; não importa se um passarinho azul na janela ou uma penugem flutuando ao vento, não importa se consegue ou não abocanhar o passarinho ou a penugem; o fato é que caçar é uma jornada extenuante.

Contudo, aos olhos de Ângelo, o mais fascinante é quando Kafka resolve fazer nada. Ou quando se retira sem que ninguém perceba. Testemunhar o sumiço de um gato é algo desejável, porém impossível. Por uma simples razão: se o vigiamos, ele nos vigia de volta. Se deixamos de vigiá-lo, ele some.

Kafka não aprecia música barulhenta. O único gênero compatível com sua nobre presença é música clássica. Não toda a música clássica, claro. Stravinsky, Bartók, Webern ou Beethoven estão fora. Bach, Schubert, Debussy e Chopin, dentro.

Ângelo desperta. Antes de tudo, põe um disco de Miles (Kafka ama Miles). Levanta-se devagar, coloca os pés ao mesmo tempo no chão frio de seu quarto e pensa hoje vai ser o que mesmo? Vai meio zonzo até sua máquina de espresso e expressa um café. Toma-o e pensa preciso de outro. Faz outro. Toma-o. Dá uma pausa, durante a qual observa o gato encarando-o. Diz algo incompreensível ao animal e passa a ser atravessado por pensamentos sobre seu ofício. Invenção virou truque? Botar algo interessante no meio de um monte de coisas banais? Escrever, por exemplo, é seguir escrevendo ou ficar se lendo? Se for pra ficar se lendo, talvez seja mais sensato tornar-se leitor. Carecemos de bons leitores e estamos bem servidos de bons autores. Ou bem narramos ou bem lemos. Esses que frase a frase revisam o que escrevem enfrentam sérias dificuldades. Bom negócio é seguir em frente, deixar escorrer. Ler só depois. Daí descarta ou arquiva. Correções sim, mas com cautela. Deixar o caldo feio fermentar. Expor a vergonha, não ter vergonha da vergonha. Cortar? Certamente. Excluir 3 de 5 palavras. Editar é a melhor parte, jogar fora o lixo básico. Mas só o básico, senão joga lixo bom fora. E lixo bom é bom, tem que ficar. Inventar é uma sujeirada infernal.

Ângelo pensa como às vezes é bom pensar quando Kafka mia baixo. Ninguém ouviria o miado senão seu dono. Tão baixo quanto certas notas médias de Miles. Segue pensando então é verdade que Miles afundou-se em melancolia por um tempo... O que será que o deprimiu? Ter percebido que poucos foram capazes de apreciar sua música? Ou que talvez a música tenha ficado feia. É, há de ter sido isso. A partir de certo momento, a música passou apenas a distrair-nos de nós mesmos.

Não me importo em ser um fraco, mas temo que todos o sejam. As manhãs de Ângelo consistem basicamente em exercícios de livre pensar. Quase não faz outra coisa senão deixar pensamentos passarem e fazer caminhadas pelos arredores do bairro onde mora. É sua maneira de preparar-se para a labuta da tarde, quando então dedica-se a dar continuidade à sua obra.

Em suas caminhadas, dispensa especial atenção às ruínas, diante das quais sempre para. Fica ali por algum tempo, tentando intuir em que medida aquilo diz algo sobre alguma coisa, e por que, afinal, o fascinam tanto. Está habituado a dizer que ruínas são rosários de fragilidades. Algo que foi e já não é. Ou que mal chegou a ser. Algo que, apesar da sucessão dos anos, deixa entrever, aqui e ali, imperceptíveis vestígios de coisas capazes de manter a ação do tempo suspensa. Coisas frágeis que, a despeito disso, conservam a insondável qualidade de transfigurar-se para seguir sendo, de perseverar no ser.

O bairro onde mora parece uma cidade do interior. Todos se conhecem e se tratam com cordialidade e espírito solidário. Tem o sebo de livros do Olavo, senhor de idade, viúvo e aposentado. Mais adiante, na esquina, fica o café da Tina, que se separou do marido para realizar o sonho de ter seu próprio negócio. No meio do mesmo quarteirão, num velho sobrado, funciona a pensão de Zilda, mãe de 7 filhos, que ali mesmo os criou e ali ainda vive, cuidando de seu velho marido, sempre doente e queixoso. Mais adiante, numa ladeira sem saída, um puteiro apelidado de cabaré das primas. No final da ladeira, coroando-a de flores e esculturas, com as portas sempre abertas a curiosos e visitantes, a mansão do célebre escultor Homero Araucária.

Do outro lado do bairro, além das casas com quintais e de alguns prédios residenciais, funciona o centro comercial, com lojas de todos os tipos, edifícios comerciais, uma ou outra grande loja de departamento, bancos, restaurantes, concessionárias de automóveis e uma praça mal cuidada, no centro da qual ergue-se a igreja. O padre César – sempre ocupado com afazeres para manter sua paróquia – quase nunca se encontra, a menos que suas obrigações sacerdotais o obriguem.

Tem também, entre a Avenida do Comércio e o Rio Madeira, – que corta o bairro ao meio por um canal e cheira a esgoto – um bota-fora de artefatos domésticos, móveis, eletrodomésticos, eletroeletrônicos, sucatas de entulhos, enfeites e bugigangas em geral. Ângelo aproveita o passeio para visitar o local. O nome do proprietário é Madeira. Nada a ver com o nome do rio.

– Todo mundo pergunta se sou dono do rio também.

Ângelo procura bugigangas originais.

– Originais? Aqui só tem porcaria.

– Procuro coisas com alma.

– Essa mania de achar alma nas coisas.

– Aquele relógio de parede todo fodido. Cadê ele?

– Vendi pro Francisco.

– Francisco?

– O da feira.

– Que que ele quer com um relógio quebrado?

– Consertar. É metido a relojoeiro.

– Quem disse?

– Ele.

– Ele disse isso ao senhor?

– Disse que vai consertar o relógio.

– Sabe onde ele mora?

– Não, mas deixou telefone.

– Posso ligar pra ele daqui?

– Eu tenho outros relógios aí.

Ângelo tira o telefone do gancho.

– Qual o número?

Enquanto Madeira consulta sua velha agenda telefônica, Ângelo observa as quinquilharias empilhadas sobre uma mesa semioval forrada de fórmica amarela. Potes de biscoito com tampas coloridas, monitores de computador, caixotes abarrotados de revistas e livros velhos, utensílios de cozinha, faqueiros, estojos de toucador ornados com motivos orientais, garrafas verdes e marrons, garrafas térmicas, garrafões com e sem revestimento de palha, molas de suspensão de carros e tratores, velocímetros de motocicletas, pinguins de geladeira, fitas VHS de filmes pornôs e clássicos do cinema, filmadoras VHS, carregadores de bateria, celulares, baterias de celulares, moedores de carne, torradeiras, frigideiras, pequenas estátuas de santos.

– Aí o telefone; e estende a Ângelo um papelzinho.

Ângelo disca.

– Ele não vai vender.

– Vamos ver.

– Ele não tá em casa.

Atende a esposa de Francisco.

– Quem quer falar?

– Um amigo.

– Chico não tem amigo.

– Um velho amigo de infância.

– Ele tá pra rua. Recado?

– A senhora me passa o celular dele?

– O celular dele tá com ele.

...

– O número do celular dele. A senhora tem?

– Momentinho.

Madeira intervém:

– Vai ligar pra celular?

A esposa volta ao telefone:

– Ó, anota aí.

Ela diz o número e desliga.

– Tudo bem se eu fizer uma ligaçãozinha prum celular?

– Só se for zinha mesmo. Passou de um minuto eu cobro.

Ângelo disca.

– Seo Francisco?

– Quem é?

– O Ângelo.

– Quer falar com quem?
– O Ângelo, seo Francisco. Que compra tomates com o senhor na feira.
– Uma porção de gente compra tomates comigo.
– Careca. Olhos claros. Tomates verdes.
...
– Ah. O artista. Pois não, que é que manda?
– Soube que o senhor comprou um relógio de parede...
– Quem disse?
– O Madeira, aqui do bota-fora.
– Que que tem meu relógio?
– Quanto o senhor quer nele?
– Quero nada, vou consertar o bicho.
– Eu dobro o preço pro senhor me vender do jeito que tá.
– Que que cê quer com meu relógio?
– Comprar.
– Não tá à venda.
– Onde o senhor mora?
– Em casa. Mas agora eu tou pra rua.
– O senhor vai almoçar em casa?
– Quer almoçar comigo?
– Quero.
– Meio-dia em ponto. Toma nota do endereço.

Ângelo segue pra casa de Francisco. No caminho encontra Tina, dona do café da esquina. Ela anda apressada, carrega sacolas cheias de produtos de limpeza, uma vassoura e um rodo. Está descabelada, como quem acabou de pular da cama, mas emite um halo de brilho indisfarçável. Tem a tez clara, cabelos longos e lisos, olhos amarelados, coxas e canelas grossas, quadris arredondados, seios proporcionais e cheiro de... sei lá, de manga. Apesar de agitada, fala baixo.
– Dia de faxina?
– É.
– Ajuda?
– Precisa não, obrigada.

– Tudo bem lá no café?
– Tá, mais ou menos.
– Pouco freguês?
– Não, é que...
– ...
– Falta alguma atração.
– Tipo?
– Sei lá, uns números, música ao vivo.
– Cinema.
– ...
– Deixa um telão lá com filmes rolando.
– ...
– O freguês entra, pede um café e assiste o filme.
...
– Mas aí fica aquele som do filme.
– Fones de ouvido.
– Onde?
– Nas mesas. Um café cineclube.
Brilham os olhos de Tina.
– Café cineclube.
– Aí o freguês faz o que quer. Se não quer ouvir, só vê. Se não quer ver nem ouvir, toma café e conversa. E fica aquele enfeite rolando lá, em alta definição. Você pode instalar o telão ao lado daquela janela grande que dá pra rua. Se o freguês não quer ver o filme, vê a vida. Se não quiser ver a vida, toma café e conversa. Ou fica em silêncio, pensando.
– Mas aí o cliente chega e pega o filme andando?
– Que é que tem? Ótimo pegar o filme andando.
– Mas então tem que rolar um filme atrás do outro.
– Põe na porta do café um cartaz divulgando a programação do dia, filmes e horários.
Tina sorri. O sorriso dela é bonito.
– Por que não me deu essa ideia antes?
– Achei que você não curtisse cinema.
– E a programação? Você me ajuda?

– Eu cobro.
Ela sorri de novo, um tiro no peito.
– Ok, eu pago.
– Quanto?
– Preciso ver quanto vou ter pra investir nisso.
– Fechado.

Em frente ao endereço de Francisco, surpreso, Ângelo percebe que já esteve ali num de seus passeios matinais. A casa é uma espécie de ruína bem comportada. Tipo de edificação que, num primeiro momento, julgamos abandonada.
Ele bate palmas. Uma face enrugada aparece por detrás de uma janela embaçada, olha fixamente o visitante. O rosto desaparece e a porta da casa é subitamente escancarada. Ângelo passa pelo portão de madeira semiaberto e caminha por uma pequena aleia de cascalhos, ladeada por um jardim bem cuidado. Estranha o fato de não haver ninguém na soleira da porta. A esposa de Francisco cozinha.
– Vai entrando.
– Dia.
– Tarde.
...
– O seo Francisco...
– Gosta de chouriço?
– Uau. Há anos não como...
– Vai sentando, mesa tá posta.
– E o seo?...
– Chico já vem.
Ela está encurvada diante de um fogão a lenha. Mexe nas panelas com tranquila destreza. O cheiro da comida é inebriante, a atmosfera de uma calma imperturbável. Nada ali pode alterar o sentido do tempo. Tudo se faz presente de maneira tal que qualquer visitante, do afoito ao mais distraído, imediatamente harmoniza-se com as formas, a luz, os estranhos aromas, a poeira, as paredes descascadas, panelas amassadas, os animais, – aos pés de Ângelo, por debaixo da mesa, circulam três cães, e sobre o

sofá da sala repousam, como esfinges, dois gatos rajados, enormes e peludos, cujos olhos não despregam do visitante – pequenos quadros de santos nas paredes, o chão irregular de concreto áspero, marcas de mofo no teto e nos móveis, o rádio muito baixo, os sons típicos de casas velhas... A nítida impressão, enfim, de que aquilo não é somente um amontoado de tijolos, cimento, concreto e madeira.

Depois do almoço, Francisco convida Ângelo pra fumar um cigarrinho na varanda.
– Palheiro?
– O que faz fumaça eu fumo.
A esposa traz de dentro duas cadeiras capengas. Ângelo hesita ao sentar-se. Francisco acha graça.
–Relaxa. Cadeira velha é que dá sentada boa; e mostra os dentes num largo sorriso, as rugas emoldurando o brilho de seus olhos cansados.
Eles fumam em silêncio. Sabe a sensação que certas pessoas nos instilam, de que podemos fazer a pausa que quisermos que o mundo não vai desaparecer? E de que se fecharmos os olhos, ao reabri-los encontraremos tudo no mesmo lugar, com pequenas variações? O velho começa a conversa.
– Você entende de relógios?
– Não.
– Quanto você paga por um relógio quebrado?
– Quanto vale um relógio quebrado?
– Quanto vale o tempo parado?
– O tempo não para.
– O tempo não existe.
– Pra nós existe.
– O tempo gruda na gente. Gruda nas coisas, em tudo que existe. A gente é matéria bruta, grosseira. Mas tem umas coisas tão lisinhas que o tempo escorrega. Não pega nelas.
– Conversa. Nossa única moeda é o tempo.
– O tempo é massa de modelar. Já ouviu falar da sociedade secreta de relojoeiros que se reuniam pra mexer no tempo?

– Isso não existe.
– Quem disse?
– Mito, lenda.
– Meu pai conheceu um desses.
– ...
– Pode acreditar.
– ...
– Eles trapaceavam o tempo. Teve uma vez que roubaram dez dias do calendário. Hoje era quinta-feira 6 de outubro, amanhã virou sexta 16 de outubro.
– Pra quê?
– Pra arredondar o tempo. Por causa dos anos bissextos e dos atrasos que vão acumulando nas voltas que a Terra dá, foi sobrando tempo e dando confusão no calendário. Daí eles roubaram uma semana e meia da folhinha.
– Grande coisa. O tempo segue em frente do mesmo jeito. Cabelos vão caindo. Rugas pedem passagem.
– Grande coisa. Não quis nascer? Vai morrendo. Morrer é bom, faz bem pra saúde.
– Morrer é uma sacanagem.
– De quem?
– ...
– Teve outra vez que eles decidiram adiantar os relógios. Duas horas a mais.
– Pra quê?
– Toda gente andava muito apressada.
– Mas se você adianta o relógio de gente apressada, elas ficam mais apressadas.
– Quem disse que eles eram heróis?
...
– Eles atrasavam os relógios também?
– Teve uma vez que toda gente andava muito devagar e eles decidiram atrasar. Duas horas a menos. Hora que bateu meia-noite ainda eram dez da noite.

– E como eles faziam pra mexer nos relógios?

– Vou lá eu saber como? Eles eram espertos.

...

– Então os apressadinhos eles sacaneavam. E pros atrasadinhos davam uma força?

– Pois é. Gente que vai mais devagar merece mais tempo.

Ângelo sorri. O velho segue tranquilo, pensativo, olhando o horizonte, cigarro na boca. A fumaça dança em volta de seu rosto. Ele repara no relógio digital no pulso de Ângelo.

– Esse relojão aí.

– Ah. Pra marcar o tempo nas minhas caminhadas.

– Hum.

– Gostou? Troco pelo relógio de parede.

– Sabia que esse negócio de usar relógio que só mostra a hora que é, é perda de tempo?

– ...

– Você só vê a hora que é.

– Mas a ideia é essa.

– Com relógio de ponteiro você vê a hora que é e a que não é também. A que já foi. A que ainda vai ser. Com relógio de ponteiro você vê o tempo.

...

– Tenho alguma chance de convencer o senhor a me vender o relógio?

– Só se você consertar.

– Mas eu quero do jeito que tá. Não sei consertar relógio.

– O de parede é mais fácil.

– Não quero o relógio pra ver as horas.

– Ah não? E é pra quê?

– Assunto meu.

– Nada feito.

...

– É pra fazer parte de uma instalação que estou construindo.

– Que tipo de instalação?

– Na verdade é uma... Uma obra que venho fazendo. Há um tempo.

– Que tipo de obra?

– Uma obra.

...

– Sabe que eu já notei? Artista aprecia coisa quebrada. Coisa inútil. Velharia.

– Não sou artista.

– Ah não? E é o quê?

– Uma pessoa.

O velho assobia.

...

–Eu te dou o relógio.

– ...

– Com uma condição.

– ...

– Quero conhecer sua obra.

Ângelo reflete. Nunca ousou mostrar a ninguém seu trabalho. E não se acha disposto a revelá-lo a ninguém. Mas esse homem... Essa casa, esse almoço... Esse cigarro, essa conversa nessa varanda...

– Combinado.

Francisco dá um longo trago, solta a fumaça devagar. Ângelo fuma também. Depois pergunta:

– Vem cá. Esse cigarrinho do senhor é só tabaco mesmo?

Na volta pra casa, mareado pela onda do "tabaco", Ângelo nota que, numa só manhã, fez dois tratos: um com Tina, outro com Francisco. Acha curioso, pois não é de fazer combinados. Seja como for, tem em mãos o relógio de parede sem o qual não conseguiria dar prosseguimento à sua obra.

2

Ao chegar em casa, Ângelo escreve nas paredes da sala com um pedaço de carvão. O gato o observa atentamente.

     O que poderia ter sido e não foi
       Restos
  Idiossincrasias da derrota
        vertigens do fracasso
      ruínas que deixam
         O que foi interrompido
O que não terminam
ou
         simplesmente
abandonamos
      o que não deu certo
       ruína mapa de ex-desejos
     abortos de sonho
        Ruína humaniza
  confronta limites
      incapacidades fraquezas medos covardias
secretas precariedades
     a falta de fé
ânimo
        perseverança força realizadora
   nossa preguiça
  Ruínas fazem-se presentes
        como luzes
  a revelar
   O que foi e o que poderia ter sido
     Ruína-redenção
atestado-tentativa
      Se tudo está fadado à ruína

*por que não empenhar-se
desde o início
na feitura da ruína?
Ao iniciar uma empresa pensar não em sua eternidade
mas no que há de restar disso*

**O que restar disso é o que isso é
O que restar disso é o que é isso(?)**

Kafka arregala os olhos.
– Nada como um bom baseado.
– O velho me enganou. Me convidou prum palheiro e me entorpeceu.
– Você tava precisando.
– De que?
– Relaxar.

E se afasta com sua habitual e clássica e demorada indiferença. Ângelo segue para o quintal com o relógio de parede e põe-se a observar sua obra. O felino o espreita a distância.
– Se for pra encher o saco, melhor arrumar o que fazer.
– De fato eu teria coisas mais edificantes a fazer. Mas o gambá que estou esquadrinhando anda sumido. O cachorro do vizinho levou a melhor.
– Tem gambá aqui?
– Como se um reles gambá fosse um extraterrestre.
– Posso trabalhar em paz?
– Esperando o quê?
– Você parar de me perturbar.
– Você chama isso de obra?
– Vá caçar ratos.
– Sete anos de convivência e ainda não notou que não me envolvo com ratos?
– Vá dormir um pouco.
– Ficarei por aqui. Prometo não abrir a boca.
– ...

– Você vai botar esse relógio aí?

Ângelo atira um pedaço de argila no gato. O animal se esquiva com elegância e sai em disparada.

3

Um enorme e disforme amontoado de barro, argila, gordura animal e tecidos, onde vemos impressas diferentes pegadas de pés e sapatos, textos, números, datas, fotos, cartas, contos, casos, calamidades, páginas de diários, piadas, páginas de jornal, mentiras, descrições de sonhos, confissões. Abaixo, numa caixa lacrada e transparente de plexiglas, um bloco plastificado de bilhetes flutua em água límpida e suavemente azulada.

Ângelo acomoda o relógio de parede com extremo cuidado no topo da coisa. O relógio marca 10 para as 4. Na parte inferior da caixa transparente, em baixo relevo quase ilegível, lê-se:

isto morre comigo
depressa e em silêncio

Em torno dessa estrutura, uma série de estacas de madeira com entalhes de medições arbitrárias; entre elas um emaranhado de delgados fios negros, alguns frouxos, outros esticados. Ao lado das estacas, pequenos aquários abertos, cheios de água turva da chuva. Encostadas no muro ao fundo, diversas telas brancas de várias dimensões, com traços de contagem marcados a carvão. Os traços são assim: I II III IIII IIIII IIIIII IIIIIII IIIIIIII IIIIIIIII IIIIIIIIII, e formam um todo contínuo entre todas as telas. Há também letreiros meticulosamente espalhados por toda a área. Entre as esculturas verbais, lemos coisas como:

SOMOS NÃO ESTAMOS

ESTAMOS NÃO SOMOS

PRINCÍPIO DA INCERTEZA

HOJE O AR ESTÁ CHEIO DE MINÚSCULAS BOLHINHAS

SE FOSSE FÁCIL TERÍAMOS DESISTIDO

TEVE UM DIA QUE DESAPARECEU NINGUÉM SOUBE
SEXO É UMA DISTRAÇÃO CUJO AVESSO É A MELANCOLIA
A MORTE VEM A 299 792,458 KM/S
CONCENTRA-TE NA DIREÇÃO DOS VENTOS
NÃO PODEMOS VER O TEMPO
FORMA É VAZIA
PODEMOS VER RUÍNAS
TODOS CULTIVAM SUAS VELEIDADES, NÃO É MESMO?
NÃO ESTAMOS PREPARADOS
A FELICIDADE É UM CHOQUE INTOLERÁVEL
ELA TEM O RABO QUENTE
DE VAZIO EM VAZIO, TRANSBORDAMOS
A RUÍNA É A VAIDADE DO TEMPO
ABANDONE, NÃO SEJA ABANDONADO.
TOMAR UM BOM CAFÉ PODE SER UM GRANDE MOMENTO EM SUA BIOGRAFIA
VIAJAR É IR DA SALA PRO BANHEIRO DO BANHEIRO PRA COZINHA DA COZINHA PRO QUINTAL
NÃO ME PERGUNTE FECHADO PARA BALANÇO
A FORMA SEGUE O LADRÃO

E por aí vai. Ao todo, 117 sentenças grafadas em vários tipos de letras sobre placas de alumínio escovado. Alguns letreiros estão presos em sarrafos de madeira cravados na terra, outros afixados nos muros. Acima disso, suspensos e balançantes em fios vermelhos de lã atados às árvores, uma série incontável de diminutos fragmentos de cristal. Ao lado, sobre uma área coberta, 17 monitores exibem, dia e noite, em loop contínuo, vídeos caseiros sem áudio, cujos temas são: Como tirar um espresso perfeito; Como acordar e querer caminhar pela cidade; Como manter uma promessa; O que fazer para não se casar; Como conviver com um felino sem se sentir rebaixado; Como largar mão de querer largar mão de fumar; Como enrolar e fumar um bom baseado e permanecer horas sem fazer nada, sem culpa; Como se apaixonar e não morrer de cirrose; Como compor uma carta de amor sem parecer um idiota; Como dirigir na estrada ouvindo Miles e ficar calmo sem achar que, por isso, você é feliz; Como se aproximar de alguém sem que o alguém se assuste; Como calar a boca e escutar; Como proceder para tentar fazer a mente ser menos tagarela; Como perder e meter o rabo entre as pernas; Como morrer devagar; Como parar de achar que sua arte é melhor que a dos outros e Como ser invisível sem chamar atenção. Na mesma área coberta, um sistema de som nos faz ouvir, de 15 em 15 minutos, um provérbio sussurrado com exagerada sensualidade: "A Eternidade vive enamorada dos frutos do tempo."

De vazio em vazio, transbordamos.
Ângelo contempla seu trabalho sem qualquer ideia ou vontade de interferir. Contudo, alguma coisa tem de ser feita, é a regra. Seu trabalho está para completar duas décadas. Para ele, contudo, pouco importa. As datas redondas estão fora de seu calendário. Ângelo entende que o tempo é infinitamente redondo e que não é possível arredondar círculos contínuos.

4

Ouve-se o toque da campainha. No lugar da convencional, Ângelo instalou um sistema de som. Quando alguém aperta o botão, ouvimos, em tom ligeiramente irônico, SE VOCÊ NÃO GOSTA DE PIADINHAS ESTÚPIDAS NÃO DEVIA TER ENTRADO PARA O CLUBE. Ele vai, meio a contragosto, espiar pelo vão do quintal. Pela fresta do portão divisa uma saia colorida sobre uma coxa morena. Grita:
– Entra pelo portão do quintal!
Aparece Tina, agora toda arrumada e de batom. Ela tenta abrir o portão. Não consegue.
– É só empurrar com força!
Ela força o portão, que abre com um barulho estridente. Desce o pequeno caminho até Ângelo.
– Atrapalho?
– Não.

– Certeza?
– Também não.
Tina sorri. Ângelo não resiste:
– Teu sorriso é um inferno.
Ela sorri de novo, sem graça.
– Tudo bem?
– Você veio até aqui saber se estou bem?
– Vim a negócios.
– Não negocio com mulher por quem posso me apaixonar.
– Você não vai se apaixonar por mim.
– Tem bola de cristal?
– Tenho.
– E ela diz o quê?
– Você é do tipo instável. Eu preciso de um tempo pra me organizar antes de me envolver com alguém.
– Queria saber quem é estável. Você é?
– Nem um pouco.
– Temos algo em comum.
– ...
– E organizada?
– Eu tento.
– Eu vivo tentando.
– O mundo vive tentando.
– Alguém há de conseguir.
– ...
– E depois de se organizar, a gente faz o quê? Se apaixona?
– A gente fica livre pra escolher o que achar melhor pra nossa vida.
– Como é que a gente sabe o que é melhor pra nossa vida?
– A gente acaba sabendo.
– Muita gente acaba sem saber.
Kafka se aproxima, manhoso. Adora se exibir pras visitas.
– Seu gato. Da última vez que estive aqui, era uma coisinha minúscula.
– Era um reles projeto de gato. Agora virou um felino execrável.
– Nada, ele é um doce.

Ela se abaixa e acaricia o animal, que se contorce de prazer.
– É um malandro, isso sim.
O gato oferece a barriga aos carinhos de Tina.
– Chega, Kafka. Cai fora.
– O nome dele é Kafka?
– Sobrenome. O nome é Franz.
– Franz é mais simpático.
– Mas ele é um antipático.
– Não acho.
Tina acaricia um pouco mais o bichano. Levanta-se, ajeita rapidamente os cabelos.

– Não vai me oferecer um chá?
– Café. Espresso.
Eles entram. Kafka os segue.

A cozinha de Ângelo é ampla, rústica e bem iluminada. As coisas estão em certa desordem. Ainda assim, o aspecto geral é de um local bem arrumado. Uma grande mesa quadrada de mogno ocupa o centro do espaço. Sobre a bancada em L, alguns potes de biscoito, um porta facas, um liquidificador, um moedor elétrico de café e uma grande máquina de café espresso. Acima, pendurado na parede, um velho torrador de grãos de café.
– Você que torra o seu café?
– E só faço a moagem antes de tomar.
– Uau.
Ângelo mói o café. Tina observa a cozinha.
– Você é organizado.
– Engraçado. Mulheres se impressionam com homens solteiros e organizados. Curto ou longo o espresso?
– Igual o seu.
Eles tomam o café em silêncio. O gato se roça aos pés de Tina, por debaixo da mesa.
– Estive pensando na sua ideia lá pro...
– Fuma?

– Larguei.

Ele apanha um cigarro na gaveta da mesa.

– Fala.

– Então. Acho que pode ser bom se a gente fizer a coisa com estilo. Só botar um telão lá e deixar filmes rolando... Não sei.

– Mas a ideia é essa. Botar o telão lá e deixar filmes rolando. Quer mais o quê?

– Sócios. Um café cineclube, adorei isso.

– Esse negócio de cineclube já foi, o encanto disso acabou.

– Então pra que exibir filmes?

– Você acabou de dizer. Estilo.

– Sei não. As novas gerações tão se lixando pra nouvelle vague e pros clássicos. Fui assistir a um filme do Antonioni com uma amiga. Sabe o que ela disse no final? Muito lento pro meu gosto.

– Ah, mas esse tipo de comentário... Entra na rede e faz uma pesquisa sobre um bom filme. "Barry Lindon", sei lá. Você vai topar com umas resenhas de uns meninos que... A opinião deles sobre essa obra-prima fica naquela de dizer que o filme é arrojado, mas longo e lento.

– Minha clientela é basicamente de jovens.

– No seu negócio não dá só pra agradar. Experimenta provocar também. Sujeito entra no seu café e dá de cara com o "8 e ½". Ele vai ficar, no mínimo, intrigado. E vai se dar conta de que o filme é um negócio único.

– Acontece que todo mundo hoje sabe tudo. É só dar uma busca no google.

– Mas pergunta quantos viram o filme? E quantos embarcaram nele? O cara vai se dar conta: já ouvi falar, mas nunca vi; vou ver, é um clássico, algo de bom isso tem.

– É. Pode ser.

– O acesso à informação nunca foi tão fácil. Só que isso é meio... A geração que não conheceu o mundo sem o google nivela tudo por baixo. E acaba achando que um reles blog de literatura equivale à maestria de um Borges. Se é que eles são capazes de reconhecer a maestria de alguém.

– Quem te ouve vai achar que isso é papo de ressentido.

– Que pensem. Todo mundo tem ressentimentos. A questão é o que fazer com eles.

– O que você faz com os seus?

– Guardo comigo, não interessam a ninguém. Nem todo ressentimento vira ação. Aliás, pouquíssimos. O resto fica trancado na gente.

5

Ângelo desiste de trabalhar (coisa rara) e segue para a terapia. Toda sexta-feira, 5 da tarde, tem encontro marcado para falar de si (coisa rara). Este é o 15º profissional que o atende nos últimos 20 anos. Passou quase metade da vida procurando, nenhum prestou. Ao menos este sabe ouvir (coisa rara).

– Está me ouvindo?

– Sim.

...

– Não gosto de falar para o vácuo.

– É essa a sensação?

...

– Um pouco.

...

– Prefere sentar na poltrona?

– Não, tá bom aqui.

– ...

– Posso falar?

– Se quiser.

– Estou aqui pra isso.

– ...

– Não é isso?

– Pode ser.

...

– Estou aqui pra quê?

– Você me diz.

Silêncio. Ar-condicionado. Som do elevador subindo, descendo, subindo. Som do tecido de calças quando alguém cruza as pernas. Som de uma máquina ao longe. Breve buzina. Apito. Respiração ofegante. Lento roçar de pés no couro do divã. Clic de uma caneta. Virada de página do bloco de anotações. Corações batem sem parar. Corações batendo perfazem um som oco, mudo, constante. Corações não descansam, não têm paz. Corações começam.

– Jamais me envolverei com alguém. Atravessar um destino? Arruinar uma pessoa? Fazer uma pessoa feliz? Infeliz? Fazê-la chorar, sentir a dor do abandono? De uma brutalidade sem nome a mania que a gente tem de achar que pode cuidar de alguém. Ou que alguém deve cuidar de nós. Grande engano essa coisa. Nossa desventura sobre a Terra. Chore sozinho. Medite. Faça companhia ao seu animal, ele pode suportá-lo. No mais, controle seu desespero. Isso não tem cura. Investigar a vida de nada adianta, só faz aumentar a dor. Anestesiar-se é sentir a dor de sentir nada. Morrer também não garante nada. Nada garante nada a ninguém. Única coisa que alivia é o sentido. Inventar o sentido das coisas, amar a forma das coisas. Saber que da forma podem emanar almas. Não de qualquer forma. De qualquer forma, seguimos. Não há o que fazer senão seguir, então seguimos. Sempre em frente, pois o tempo não volta, apesar da memória, essa condenação.

Ângelo senta no divã, calça suas sandálias, levanta-se e vai embora. Deixa a porta aberta.

6

Fim de tarde. Da janela do ônibus vejo tudo o que posso. Fecho os olhos, o mundo some. Abro os olhos, reaparecem suas luzes. Ao meu lado uma garota, uns 16 anos, masca chicletes compulsivamente e usa fones de ouvido. Ouve música eletrônica, sacode-se toda, canta. Medito uns 15 minutos.

O dia em que descobri que tudo depende de esforços contínuos; estava na estrada e o asfalto me revelou isso; estou com fome, não vou comer; sinto dores nas costas; a mãe de um amigo diz que a vida é traiçoeira, o que será de mim?; sexta-feira, dia triste; bom seria dormir na quinta e acordar no sábado; domingos também são terríveis, mas ninguém gostaria de dormir no sábado e acordar na segunda; preciso de mais exercícios parar com o tabaco estabilidade financeira iniciar negócio próprio não depender de bicos me afirmar no ofício preciso de amigos vida social me ocupar preciso apenas me acalmar; achar o olho do furacão, o centro vital a partir do qual flui toda atividade; preciso me organizar ter coragem amar com desprendimento talvez cuidar de alguém dedicar-me a quem merece; preciso não precisar. É a gente que pensa? A fonte parece independer de nós, de nossas vontades, e segue produzindo imagens e discursos, infinitamente. Meditar não é mais do que entrar em contato com essa fonte. Deixar os pensamentos passarem. Eles passam, de lá pra cá, de cá pra lá, o tempo todo. O ideal é dar pouca importância a eles, apesar do fato de alguns serem extraordinariamente carismáticos. Chega uma hora em que, de tanto correr, eles se cansam. Cada vez menos pensamentos cruzam a cena. Os que ainda insistem, têm fôlego grande e, talvez por isso, mereçam certa atenção. Nem mesmo estes, no entanto, devem nos desviar do objetivo, que consiste em atravessar zonas de instabilidade sem se deixar abalar por turbulências. A mente é incrivelmente tagarela. É preciso acalmá-la de tempos em tempos. Clarear o panorama.

Ao reabrir os olhos, a garota ao meu lado diz:

– Você dorme tão lindo.

– Eu não estava dormindo.

– Uma paz. E você nem sacode, nem baba, nem diz coisas. E nem esbarra na gente. Você sonha? Meus sonhos, quando durmo no ônibus... O último tinha lagostas. Elas dançavam, arrastavam um lençol branco do tamanho de um prédio atrás delas. Eram indianas, as lagostas. Tipo música oriental, sabe? Muita sujeira, rua sem saída, muito carro fodido. Aí vem um cara gigante enrolado numa penca de toalhas. Toalhas brancas. O cara era tipo inacreditável de, sabe, era muito grande. Pra cobrir ele, eram quarenta e duas toalhas. Engraçado que, no sonho, a gente não conta, a gente sabe. Tipo, sei lá, é uma informação que tem lá que diz que são quarenta e duas. Aí as lagostas devoraram o cara. O que mais eu lembro é do som do osso dele estalando.

– Não quero saber do teu sonho.

Ela me encara, surpresa. Seus amiguinhos de colégio devem ter adorado as lagostas assassinas, de modo a fazê-la acreditar que também me interessaria. Tive ganas de espancá-la. A adolescente me fulmina, o canto de sua boca estremece, a expressão escurece, as sobrancelhas se fecham. Num salto, ela pula do banco, quase arranca a cordinha azul, o ônibus freia em cima do ponto. Ela desce aos tropeços e corre em disparada.

Todos vão deixando o ônibus, que segue cada vez mais leve. Que sensação. Decidi morar longe o bastante para que isso sempre aconteça. Seja qual for a linha que tome pra voltar pra casa, sou sempre o último a saltar. Ponto final.

7

Noite. Kafka em seu esconderijo. Ângelo faminto e com preguiça de fazer comida. Sua casa fica pequena quando escurece. Ele não é de acender muitas luzes. Só o bastante para se orientar. Toca o telefone. Ângelo custa a atender.

– Alô.

– Boa noite. Olavo falando.

– Ô seo Olavo.

– Incomodo?

– Não.

– Vai bem?

– Indo e o senhor?

– Também.

– Que é que manda?

– O de sempre.

– É muita coisa?

– Uma remessa pequena. Preciso de você pra me dizer o que presta.

– Todo livro presta.

– Nada. Alguns eu guardo pra animar nossa festa de São João. Meus filhos adoram jogar livro na fogueira. Você pode vir na segunda?

– 9 da manhã tá bom pro senhor?

– Até lá.

8

Sábado, 7 da manhã. Sonho com uma moça com nome de flor. Estou num ponto de ônibus, carregado de compras, tentando apanhar um táxi. Ela aparece, óculos tipo ray-ban, jeans sob medida, com um pequeno vaso de flores nas mãos. Quer ajuda? Te conheço não sei de onde. A gentileza dela me enfeitiça. No sonho ela parece uma flor. O cheiro dela. Primeira vez que sinto cheiro num sonho. Pergunto seu nome. Ela diz "meu nome?" Aí acordo. Sei que é um nome que poderia ser de uma flor, mas que, ao invés de ser de uma flor, é dela. Despertar nos faz esquecer. Preciso inventar: Luria P.

Kafka cutuca o rosto amarrotado de Ângelo.

– Ei, pessoa. Hora de acordar.

– Me deixa.

– Vai perder manhã ensolarada de sábado?

Da cama, Ângelo espia rapidamente pela janela e volta a abraçar o travesseiro.

– Não enche, tá nublado.

– Tá maluco?

– Sai daqui.

– Não saio.

– O que você quer?

– Curtir a vida.

Ângelo adormece de novo. O gato mantém o olhar atento sobre ele, a ver se não é fingimento. Ele começa a roncar. O felino se retira e, lapso curtíssimo de tempo, circula entre as flores, no quintal.

9

Sábado, 7 e meia da manhã. Ângelo é invadido pela sutil sensação de que está a sonhar, mas não quer tirar proveito disso. Quer apenas que o sonho siga, labirinto adentro. Ele anda pelas ruas de Detroit, entre ruínas de monumentos arquitetônicos projetados para serem ícones máximos do poder do capital. A atmosfera é aprazível, apesar do aspecto sombrio da paisagem. Aprecia com prazer e assombro gigantescas fachadas devastadas de edificações governamentais; sobrados e mansardas cujos habitantes são pombos e gaivotas; interiores monumentais cujos tetos desabam ruidosamente; bibliotecas arruinadas, com seus livros jogados às traças; um piano de cauda tombado sob um suntuoso teto abobadado; o exuberante teto de uma mesquita, mofado e esburacado; arcos ogivais sobre amplos espaços vazios, cujas paredes descascadas e manchadas assemelham-se a monstros disformes; repartições públicas e privadas com móveis danificados e empoeirados e infinitas gavetas abertas abarrotadas de fotos e documentos; longos corredores com portas e batentes deteriorados; cadeiras tombadas sobre assoalhos entulhados de reboco; um relógio de parede parado pendurado numa parede craquelada; edificações inacabadas defronte um paredão de janelas com vidros quebrados; ruas desertas com montanhas de entulhos de todo tipo; um carro novo num imenso galpão abandonado; o interior de uma casa onde resta apenas uma poltrona com as vísceras expostas; uma catedral. A catedral está derretendo, pingando. Uma figura –Ângelo não consegue identificá-la –declara que a catedral é um monumento ao inacabado. Foi projetada por um arquiteto que teve a suprema pretensão de edificar uma ruína. Ele disse à sua equipe: vamos construir isto; alguém objetou: impossível; ele respondeu: exatamente; outro disse: não entendo; ele esclareceu: o objetivo é não concluir; disseram: você está louco; ele apenas sorriu e disse: mãos à obra. Apesar do espanto, todos se dedicaram de corpo e alma à construção da catedral. Anos e anos de trabalho ininterrupto e silencioso, muito suor, lágrimas e sangue. Quando o que parecia improvável começa a ganhar contornos, o arquiteto diz: parem. Todos se olham, incrédulos. Aí está nossa ruína, diz. E vai embora. Sua equipe o segue. A figura começa a se afastar. Ângelo grita: não me deixe. O que você quer, diz a figura. Ângelo se aproxima. Docilmente, a figura diz a ele: você está assim porque só trata de seus interesses; porque deu ouvidos ao medo; porque não soube amar, nem saberá.

10

Sábado, 7 e 35 da manhã. Ângelo desperta agitado. Kafka está por ali, confortavelmente instalado em sua poltrona, impassível.
– Sonho ruim?
– Pesadelo.
– Você merece.
Ângelo atira um travesseiro no felino, que, como sempre, arreda-se com a devida classe.
Preguiçoso, senta-se na cama, coloca os dois pés ao mesmo tempo no chão frio de seu quarto e pensa hoje vai ser o que mesmo? Segue zonzo até o banheiro e se lava lentamente. Leva água ao rosto com as mãos em concha várias vezes, coisa que não tem o hábito de fazer. Não quer refletir sobre o sonho. Nem sobre o bom, nem sobre o outro. Quer apenas despertar. A realidade é melhor que o sonho. Sonhos são quase sempre tacanhos. Muita astúcia e estranheza pra pouco sentido.
Soa a campainha. SE VOCÊ NÃO GOSTA DE PIADINHAS ESTÚPIDAS NÃO DEVIA TER ENTRADO PARA O CLUBE. Ângelo se sobressalta. Tão cedo? Quem será? Só pode ser engano. SE VOCÊ NÃO GOSTA DE PIADINHAS ESTÚPIDAS NÃO DEVIA TER ENTRADO PARA O CLUBE. É essa molecada zoando a campainha da vizinhança logo cedo. SE VOCÊ NÃO GOSTA DE PIADINHAS ESTÚPIDAS NÃO DEVIA TER ENTRADO PARA O CLUBE.
Ele segue, na ponta dos pés, até a porta da frente. Espia pela cortina da sala. Dá de cara com o velho Francisco. Cabelos penteados, barba feita, roupa de passeio. E um embrulho nas mãos. O que quer comigo a essa hora? Ângelo continua espiando-o, como uma secreta perversão.

SE VOCÊ NÃO GOSTA DE PIADINHAS ESTÚPIDAS NÃO DEVIA TER ENTRADO PARA O CLUBE. Ele não desiste. É do tipo perseverante. Vamos ver até onde aguenta. SE VOCÊ NÃO GOSTA DE PIADINHAS ESTÚPIDAS NÃO DEVIA TER ENTRADO PARA O CLUBE SE VOCÊ NÃO GOSTA DE PIADINHAS ESTÚPIDAS NÃO DEVIA TER ENTRADO PARA O CLUBE SE VOCÊ NÃO GOSTA DE PIADINHAS ESTÚPIDAS NÃO DEVIA TER ENTRADO PARA O CLUBE.

Ângelo abre a porta com cara de poucos amigos. Francisco sorri como uma criança. Seus olhos brilham. Põe o dedo no botão da campainha.

– Não ouse apertar isso de novo!

SE VOCÊ NÃO GOSTA DE PIADINHAS ESTÚPIDAS NÃO DEVIA TER ENTRADO PARA O CLUBE.

– Coisa doentia. Muito bom. A frase é sua?

– É um ditado popular inglês.

...

– Não vai me convidar pra entrar?

Ângelo dá passagem ao velho e bate a porta.

– Sabe o que dizem de quem bate a porta depois que a visita entra?

– Sábado, oito da manhã. O senhor compreende isso?

– Perfeitamente. Eu uso relógio. Mas o meu tem ponteiros; e mostra um grande, amarelado, que tira do bolso da calça.

– Já tomou café?

– Já, meu filho. Pontualmente às 7 da manhã. Sábado eu levanto tarde.

– Aceita um espresso?

– Aquele da máquina?

– É.

– Tem coador aí?

– Não.

– Me arruma um pano velho.

– Tá de porre?

– Cachaça só na domingueira. Sábado eu guardo pra jejuar.

– Quer improvisar café de coador na minha casa? Aqui não.

– Então manda um na pressão pra mim. Vamos ver se presta.

Ele coloca o embrulho sobre a mesa da cozinha e se acomoda num banquinho. Kafka pula sobre a mesa e se aproxima do velho como se o conhecesse há anos.

– Sabe o que dizem de gato cinza?

– Ele é azul.

– Azul? O bicho é cinza; e acaricia o gato com mãos calejadas.

– Que nome deu a ele?

– Curto ou longo seu café?

– Igual que o seu.

Ele mói os grãos. A máquina faz um barulho estridente.

– O que dizem de gato cinza?

– Que?!

Desliga a máquina.

– Que que cê falou?

– Açúcar, adoçante?

– Purinho.

Francisco ouve soar no quintal: "A Eternidade vive enamorada dos frutos do tempo."

– Tem alguém aí?

– Não.

– Ouvi alguém falando.

– O senhor veio aqui pra quê?

– Não vim à toa. Tenho o que fazer.

Francisco estende o embrulho a Ângelo. Indiferente, ele o abre. É um entalhe em madeira. O busto de um homem cujo rosto é um relógio. O felino se aproxima, avalia o objeto. Francisco beberica o café.

– E não é que é bom o café da máquina.

– O que é isso?

– O artista não sabe?

– É do senhor?

– De quem mais?

– Por que tá me dando isso?

– Porque eu quis.

Ângelo contempla a escultura sobre a mesa. E pensa: um busto com cara de relógio; mais primário impossível.

– Primário é o quê? Uma coisa que tudo mundo já fez, é isso? Coisa sem valor? Coisa óbvia?

Pálido, Ângelo balbucia:

– O senhor... O senhor lê pensamento?!

– Grande coisa. Qualquer bobo lê pensamento.

– Mas... O senhor... Como o senhor?...

– Para de gaguejar, rapaz. E responde pra mim: o que que é "primário" pra você?

– Eu não... Eu... É que... O senhor...

– Deixa pra lá. Cê tá abestalhado. Vou tentar dizer procê o que eu penso dessa coisa.

– Não... Eu não... Eu não quis... Eu só tou... Eu não tou...

– Escuta um pouco. O que quer dizer com "primário"? Você faz arte pra quem? Pra artista? Quero ver falar com o mundo. E vêm os cacarejadores: "Ah, essa gente sem preparo, sem formação, não sabe ver." Quem disse isso? A escola que você frequenta? Seu professor? Seu professor é artista? Ou comentarista? Comentário não faz arte. E diz pouca coisa. A única coisa que diz algo sobre uma coisa é outra coisa. Beleza não é privilégio de um rebanho de entendidos. E se não for instinto, não é nada. A arte rupestre dos homens das cavernas. O senso estético daquela gente vem da alma do coração. Artista, hoje, não se preocupa com beleza? Crise das representações? Não quer mais saber de comover? De se comunicar? Não quer saber de dominar uma técnica, fundamento do ofício? E se ocupa com o quê? Questões conceituais? Tudo já foi feito, então é preciso inventar um jeito novo de tocar os outros? É isso? Então inventa! Só não vai dizer que a arte acabou. Isso não é mais importante do que o que você é capaz de criar. Antes o artista era um sujeito que tinha uma visão muito particular das coisas. Estudava sem parar, aprendia o ofício com um mestre, imitava o mestre e só então fazia o seu trabalho. Hoje é o quê? Um provocador cheio de charadas bem pensadas? É divertido ouvir um desses falar, quando tem o que falar. O discurso sobre a obra dele é quase sempre bem mais interessante do que a obra. Vira escritor então! Ou ensaísta. Ou, na pior das hipóteses, crítico. Não que artista não possa falar ou pensar sobre o que faz. Pode falar, pode pensar ou não, tanto faz. Só não vale trapacear. Disfarçar a obra com dificuldades de todo tipo, de modo a criar uma aura de complexidade e profundidade e mistério e singularidade. Tem gente aí que disse que o mais profundo é a pele. E um outro disse que a profundidade das coisas é uma ilusão. Mas isso também é mal interpretado. Aí vira um desfile de tendência, moda, mercado, conceito. Sobra o quê? Um amontoado de linhas e cores e formas e tramas. Enigmas vazios. Pura miséria.

Ângelo respira fundo. Isso não pode estar acontecendo. O velho acaba de adivinhar meu pensamento e me dar uma aula-sermão de professor de belas-artes. Respire. Procure ordenar os pensamentos. Tenho sido um rapaz levado que não tem dado atenção às coisas simples da vida. É isso o que acontece quando concentramos energia numa só direção. Perdemos a noção do todo e, cegos, tropeçamos. E de repente – nunca adivinhamos – a bomba explode.

– Bom o café?
– Demais da conta. Faz outro pra mim?

O anfitrião prepara mais dois cafés, de costas para o visitante. Ao se voltar, Francisco não está mais ali. Ângelo é atravessado por um profundo e pesado arrepio. Ouve um forte estrondo no quintal. Corre em direção aos fundos da casa. E o que vê é toda sua obra mergulhada em chamas. Bem no centro dela, também em chamas, o velho passeia. Tranquilo, sorridente, sustenta o mesmo ar de satisfação com que chegou para a visita. Ele se aproxima lentamente de Ângelo.

– Não queria uma ruína? Vim dar minha colaboração ao grande artista.

11

Sábado, 7 e 40 da manhã. Ângelo acorda aos gritos, ensopado de suor. Kafka, já quase adormecido na poltrona, voa dali como um corisco, assustadíssimo. Não pode ser. Dois pesadelos? E o mais intrigante: no primeiro pressentia que sonhava, no segundo podia jurar que estava acordado. Acordei entre os dois? Ou sonhei que acordei?

Ângelo chama Kafka. O animal aparece na porta, só a cabeça, os olhos esbugalhados.

– A que horas eu acordei?
– Agorinha mesmo. Pulava e gritava feito um porco no abate.
– Não, não. Antes. Você me acordou cedo, não foi?
– De fato. Fiz a gentileza de te acordar pra...
– Que horas eram quando você me acordou?
– E eu lá me preocupo com horas?
– Mas como foi isso?
– Não entendo.
– VOCÊ ME ACORDOU E AÍ?
– Não grita que eu volto pra cozinha.
– Desculpa.
– Te acordei delicadamente e disse que o dia estava lindo. Você olhou pela janela e disse que estava nublado e voltou a dormir.

Ângelo olha pela janela. O dia está nublado, escuro.

– E não estava nublado?
– Claro que não. Céu de brigadeiro.
– E agora? Tá nublado?
– O tempo fechou, não está vendo?
– É só pra ter certeza.
– De quê?
– De que eu tou acordado.
– Céus. Você está bem?
– E depois? Aconteceu o quê?
– Ah não. Reconstituição agora?
– Eu acordei de novo e você estava na poltrona?
– Não entendo.
– Que horas eram quando eu acordei de novo e você estava na poltrona?
– Já disse que não uso relógio.
– VOCÊ ME VIU ACORDAR DE NOVO DEPOIS DISSO? VOCÊ ESTAVA NA POLTRONA?
– Olha o tom.
– Desculpa. É que eu... Eu tou...

E desaba a chorar.

O dia passa e Ângelo mal consegue sair da cama. Anoitece. Pela janela do quarto, observa o claro tornar-se escuro.

Ele adormece e não sonha.

12

Domingo, tempo aberto. Hora indefinida. Todos os relógios da casa pararam. Ângelo percorre os cômodos, com Kafka em seu encalço, tentando verificar o que aconteceu. Está visivelmente atônito e com uma fome colossal. Desiste de entender o fenômeno e toma um banho demorado.

Abre a geladeira. Um frango congelado, uma costela de boi congelada, uma fraldinha congelada, uma maminha congelada. Merda, nunca me lembro de descongelar. Abre a gaveta de legumes: tomates, cenouras, beterrabas e um repolho roxo. Ao menos uma boa salada. Checa o compartimento superior da porta da geladeira: ovos. Enrolado em papel laminado, um pedaço de queijo meia cura. Ovos com tomate e queijo + salada de repolho roxo cozido com cenoura e beterraba.

Ele prepara tudo rapidamente e devora. Procura um cigarro na gaveta da mesa da cozinha. Nada. Pensa em tomar um café. Preguiça. Domingão. Que horas agora? Não interessa. Vou caminhar, caminhar até cansar. Talvez dê uma parada na pensão da Zilda, saber como andam as coisas. Talvez não.

Kafka aparece na soleira da porta.

– Descobri que horas são. Ouvi o vizinho dizer ao filho: três da tarde e você ainda não lavou o carro? Isso há uns 10 minutos. Portanto, 15 horas, 10 minutos. Mais ou menos.

Ângelo se veste depressa, calça seus tênis e cai fora.

13

Ângelo segue a passos largos na tarde seca e ensolarada de domingo. É atravessado pelo pressentimento de que a vida é um troço sem saída, um belo beco onde nos esforçamos com empenho para distrair-nos de nós mesmos, onde muitas vezes o máximo que podemos fazer é nos preocupar em demasia com pequenos assuntos, onde a presença do outro é quase sempre uma incógnita nem sempre fascinante, onde a comunicação com o outro é precária e rodeada de limites, onde espernear faz pouca diferença, onde gritar de nada adianta, onde amar é perigoso.

Um pouco antes do cruzamento da rua onde mora com a única avenida arborizada do bairro, nota uma edificação de dois pavimentos que, ao que parece, é a ex-obra de um hospital. Largos pilares de concreto dos quais brotam vergalhões enferrujados atestam um fato peculiar: não a ruína do que foi, mas do que mal chegou a ser. Com uma pequena câmera, faz várias fotos da obra interrompida.

Dos sete filhos de Zilda, quatro são homens, já casados. As três jovens meninas estão na frente da pensão, vadias entediadas na tarde dominical. Sempre à toa e atentas, como gatas de rua, avistam Ângelo há quase um quarteirão de distância. Reconhecem seu andar, a coisa dele, uma coisa que só ele tem e que elas sabem apreciar. Algo como o cheiro dele, mas que não é o cheiro, é a chave para o mundo dele, que elas anseiam conhecer de perto.
– Olha quem vem vindo.
– É ele?
– É.
– Tá de sandálias?
– Não, de tênis.
– Ahhh.
– Aquelas sandálias...
– Que história é essa?
– Você não sabe?
– Conta depressa, ele tá chegando.
– Calma, ele anda devagar.
– Muito devagar.
– Ai gente, fala logo.

– Fala baixo.
– Ele já viu a gente.
– Ele viu a gente aqui?
– Ele tá vendo.
– Não dá pra saber.
– Ele tá vindo.
– Será que é pra cá?
– Sempre é.
– Faz tempo que ele não vem.
– E as sandálias?
– Menina curiosa.
– Conta. Depressa!
– Depressa, ele já viu a gente, ele tá chegando.
– Teve um dia que ele pediu pra Marta lavar as sandálias dele.
– E por que ele mesmo não lava? Que tara.
– Sei lá. Foi meio Jesus Cristo, sabe?
– Foi meio idiota.
– Meio...
– Foi uma coisa. A gente pegou as sandálias e lavou.
– Vocês? Por quê?
– A gente lavou as sandálias dele.
– E a Marta?
– Ela tinha ido na cozinha falar com a mamãe. Quando voltou, as sandálias estavam penduradas no varal, pingando.
...
– É isso?
– Não é incrível?
– Vocês lavaram juntas?
– Cada uma lavou uma.
– No tanque?
– Na pedra.
– Na pedra por quê?
– Lava melhor.
– Mas e aí?

– Aí o quê?
– As sandálias. Como eram?
– Ele já viu a gente aqui.
– E daí?
– Como eram as sandálias?
– O que mais me... Sei lá, eram...
– O quê?
– Não tinham cheiro.
– O quê?
– As sandálias.
– E daí?
– Nenhum cheiro.
– Vocês cheiraram as sandálias dele?
– E por que não?
– Ele não tem cheiro. É tão...
– Fala devagar, encarando a gente.
– E a voz?
– Para.
– Ele vai ouvir, ele apertou o passo.
– Ele tá vindo, tá ouvindo.
– Tá nada.
– Ele gosta.
– De quê?
– Que falem dele.
– Conheço bem o tipinho.
– Se faz de tímido.
– Só encara mulher que baba em cima dele.
– É tipo bebezão da mamãe. Adoro.
– Vocês teriam coragem?
– De quê?
– Fácil fácil.
– Do que que cês tão falando?
– Ele acenou pra gente.
– Não foi pra gente.

– Ele conhece todo mundo.
– Não, todo mundo conhece ele.
– Todo mundo tem medo dele.
– Eu não tenho.
– Você não tem?
– Você tem?
– Um pouco.
– De quê?
– Muito estranho.
– Assim que é bom.
– Ele parou.
– Parou por quê?
– Tá amarrando o tênis.
– Isso é que dá.
– O quê?
– Não usar as sandálias.
– Ele apertou o passo.
– Ele não vem pra cá.
– Ele vai dobrar a...
– Não vai, ele acenou pra gente.
– Ele não é de acenar.
– Não foi pra gente.
– Gente, para, ele tá vindo.
– Ele não tá ouvindo.
– Será que ele acha a gente?...
– Ai, para.
– Ué, normal.
– Normal o quê?
– Ele achar a gente...
– Todo mundo acha.
– Todo mundo quem?
– Todo mundo.
– Ele não é diferente.
– Ele é diferente.

– Mas é homem.

Ângelo se aproxima. As três se calam e se perfilam diante do muro baixo. Ele as encara durante um tempo. Elas se contorcem, se cutucam por trás, sorriem pra ele. Ele segue encarando-as, fazendo-se de sério.

– Olá, meninas.
– Oi.
– E aí?
...
– Mamãe tá em casa?
– Ela não sai de casa.
– Tudo bem com vocês?
– A mesma coisa.
...
– E com você?
– Igual.
– Seu cabelo tá crescendo.

Elas riem e se reprimem aos sussurros.

– Pois é, preciso passar uma gilete de novo.
– Quer que a gente passe pra você?
– Tem gilete aí?
– Aquele de três lâminas.
– Tá novo?
– A gente já usou pra se depilar.
– Mas aquilo dura um bocado.
– Tudo bem, depois a gente vê isso.
– A gente vai à farmácia comprar um novo.
– Hoje é domingo, tá fechada.
– Tem a que faz plantão, do outro lado do canal.
– É longe.
– A gente vai conversando, já já a gente tá de volta.
– Espera a gente voltar.

Elas saem aos pulinhos, rebolando. Três beldades mal amadas. Uma com 21, outra com 20 e a caçula, com 16. Uma perdição. Ângelo sempre as desejou, mas nunca teve coragem. Muita complicação. E depois, Zilda não o perdoaria.

Diante do portão, recorda os tempos em que chegou à cidade grande. Hospedou-se naquela pensão não sabe bem por quê. Um amigo me indicou, não me lembro quem. O fato é que fiz as malas e aportei aqui, abobado, sem qualquer expectativa. Hoje vejo que talvez tenha escolhido este velho sobrado precisamente por isto. Toda ruína abriga com carinho seus hóspedes.

Ângelo sobe a pequena escada de concreto, passa pelo jardim um tanto abandonado e, pouco antes de entrar na pensão, dá de cara com Agenor, marido de Zilda, em sua cadeira de rodas. A expressão do velho é desoladora.

– Seo Agenor.
– Quem é?
– Sou eu. Ângelo.
– Quem?!
– A Zilda está?
– Ela sempre está. Ela morreu?
– Não que eu saiba.
– Você é um invasor? Vou chamar a polícia.
– Não precisa. Vou embora daqui a pouco.
– Eu te conheço. Você é um vampiro. Veio raptar minhas filhas.
– Suas filhas são espertas.
– Nada. Umas gostosinhas. Loucas pra sentar no colo de um macho. Sentir o membro duro de um macho mexendo dentro delas. Você sabe muito bem. Não se faça de besta.
– Seo Agenor...
– Rapaz! Conheço bem tua raça. Bonito, faz tudo devagar, que nem gato manso. Mas é um tigre com fome. Malandro. Fora da minha casa. Safado.

Ângelo deixa escapar uma risada.

– Tá tudo bem, seo Agenor. Sou inofensivo.
– Quer papar minhas filhinhas virgens. Lobo mau. Quer lamber a bundinha delas.

Ângelo ri de novo.

– Para de rir, perversão.

– O senhor não consegue pensar em outra coisa?
– E tem outra coisa pra pensar? Só besteira. Vuco-vuco. Sacanagem. Pica dura.

Ângelo não consegue parar de rir. Zilda aparece na janela de um dos quartos, no andar de cima.

– Você ri? Mas bem que já imaginou minhas filhas peladinhas molhadinhas só pra você. Grelo rosadinho. Peitinho duro. Pele arrepiada. Cheirar o umbigo delas. Língua na orelha. Cheiro de putaria. Hein?

Agenor vê Zilda na janela. Começa a tossir convulsivamente. Ela ralha:

– Ô traste. Infeliz. Imprestável. Sobe aqui, Ângelo. Deixa esse aí.

Ângelo entra na pensão. Na sala, alguns hóspedes refestelados pelo almoço, afundados em poltronas, a tv ligada, volume baixo. Sobe a escada de madeira, que range como se fosse desabar. Sente o cheiro de casa velha, que o remete a recordações boas e ruins. No topo da escada, Zilda o espera.

– Você ainda perde tempo com aquele lá?
– É divertido.
– Nada. Peso desgraçado.
– Como vão as coisas?
– Envelhecendo.
– Encontrei as meninas lá fora. Foram dar uma volta.
– Ah, aquelas ali. Não arrumam o que fazer. Nem pra namorar prestam.
...
– Mas e você? Sumido. Trabalhando muito?
– Nem tanto.
– Pessoal daqui sempre pergunta de você.
– É? O quê?
– O de sempre. Se já ficou rico, famoso.
– Você diz o quê?
– Que você não precisa disso.
– Quem dera.
– Você ainda tem esperança?

– De quê?

– De virar celebridade?

– Tenho esperança de fazer o que eu quero.

– Precisa ficar rico.

– Pra quê? Quer me ver escravo disso?

– Eu fui escrava da falta de dinheiro. A vida toda.

– Você fez o que quis. Tocou seu negócio, se dedicou à família, criou 7 filhos, cuida do marido doente, vários netos. O que mais você quer?

– O universo não conspirou a meu favor.

– Não existe isso, Zilda, o universo contra você. Você também é o universo, não há porque ele te querer mal.

– Pois é. Acho que não entrei num acordo com ele.

– Você queria ter vivido outra vida?

...

– Acho que sim.

– Qual?

– Sei lá.

– Qual? Descreva pra mim.

– Diferente dessa.

– Diferente como?

– Não sei.

– A vida que te coube foi essa. E você tá dando conta do recado com louvor.

– Serve de consolo.

– ...

– Me acomodei demais.

– E daí? É importante saber a hora de se acomodar.

Zilda é um mulherão. Apenas esqueceu-se disso. Esqueceu o próprio encanto, que um dia soube ostentar como poucas.

– Pois é, amigo. Olho em volta e só vejo coisa morrendo. Tudo virando ferro-velho, perdendo o sentido. No meio disso é difícil... Esses dias me deu uma vontade louca de tomar um porre, daqueles de virar do avesso. Aí pensei: com quem? Não tenho nem com quem. Meus filhos? Passam por aqui vez por outra, me dão um beijo e somem de novo no mundo.

As filhas? Umas perdidas. Marido? Acabou. Perdi o companheiro de uma vida. E o pior: ele não morreu. Arrasta-se numa cadeira de rodas, torturando todo mundo. Você quer o quê? Que eu solte foguetes?

– O drama de Zilda.
– É sério. Resta o que pra mim?
– Seus netos. Sua família. Sua pensão. Você, cheia de vitalidade.
...
– É isso?
– Mais alguma coisa, madame?
– A vida é isso?
– O que há com você, Zilda?
– É só isso a vida?
– Você esperava o quê?
– ...
– Olha pra frente, mulher. Fazer as contas não leva a nada. O saldo desse tipo de contabilidade costuma ser negativo.
– E eu faço o quê?
– Siga em frente, não importa o que aconteça. Siga em frente.
– Simples assim?
– Você acha isso simples?

Zilda abraça Ângelo e chora. Ele sente o cheiro dela. Pensa que se fosse pouco menos egoísta, cuidaria dela. Que talvez pudesse fazê-la feliz.

Ele deixa escapar uma risada.

– Eu choro, você ri.
– Desculpa, lembrei de uma coisa.
– Do quê?
– Bobagem.
– Ah, agora conta!
– Não é nada, eu viajei.
– Ah conta. Pra me animar.
– Vamos lá pra cozinha tomar aquela.

Eles descem as escadas e seguem pros fundos. Sentam-se à cabeceira da mesa do refeitório, larga e comprida. A cozinha acabou de passar por uma faxina, o aroma é agradável, tudo em seu devido lugar. Zilda apanha uma garrafa de cachaça e dois copinhos. Enche os dois até a borda, entrega um a Ângelo e levanta o outro.

– A quê?

– A qualquer coisa.

Brindam e bebem. Falam com entusiasmo crescente dos velhos tempos, de como tudo parecia cheio de luz e afeto. De como as coisas aconteciam a seu tempo, sem afobações, apesar de algumas surpresas desagradáveis. Perguntam-se se as coisas realmente se sucederam assim, ou se isto não passa de mais um truque do tempo: fazer-nos ver o passado sempre mais pleno de sentidos do que de fato foi.

No meio da conversa, ambos já ligeiramente embriagados, chegam as meninas. Trazem o aparelho de barbear novo e querem depilar a cabeça de Ângelo. A mãe estranha a demora, chama a atenção delas, que fingem ouvir. Um tanto irritada com a invasão, por terem interrompido momento tão bom, ela se retira sem dizer palavras. Assim que Zilda sai, a mais velha diz:

– Vamos lá pro quartinho, senão faz sujeira aqui e a mãe fica uma fera.

A do meio pede à caçula:

– Traz uma bacia com água quente e toalhas. Aproveita e pega aquele negócio; e vai saindo com a mais velha, que já arrasta Ângelo para o quintal.

Ambas o conduzem ao quartinho da bagunça, uma edícula nos fundos da pensão que usam para botar fora móveis e utensílios em desuso. Elas entram no cômodo rindo e tagarelando. Ângelo compartilha da excitação delas, pois sente, com mais ênfase, o espírito da cachaça. Elas o jogam sobre uma cadeira capenga.

– Estou meio bêbado. E essa gilete é nova. Vamos com calma.

A mais velha ordena, à queima roupa:

– Tira a roupa.

– Quê?

A outra:

– Tira a roupa, não temos tempo; e as duas começam a se despir.

– Espera. O que... O que vocês pensam que tão fazendo?!

Tudo acontece muito rápido. Entra a caçula com uma panela de água morna, toalhas e um vibrador. As duas, já nuas, recostam-se na parede e abrem as pernas com certo recato, uma de frente, outra de costas. A caçula umedece uma toalha com água e, delicadamente, limpa o sexo das irmãs. Pasmo, Ângelo mal consegue olhar. As duas gemem baixo. Seus corpos são brancos, perfeitos, virginais. A do meio, que está de frente, sussurra:

– Vai ficar aí parado?

A caçula rasteja até ele, prostrado na cadeira, e começa a beijá-lo no pescoço, enquanto as outras se beijam na boca. A mais nova implora a Ângelo:

– Tira meu vestido.

– Parem com isso, vocês ficaram...

A mais velha se atira sobre ele, que quase cai da cadeira.

– Se você não fizer tudo o que a gente mandar, vamos dar escândalo. Mamãe vem aqui e você perde uma grande amiga. Que tal?

A do meio se aproxima e, enquanto despe devagar a caçula, diz:

– Olha pra isso. Vai dar uma de bobo? A gente sabe que você gosta.

– Seu tempo acabou. Ou transa com a gente agora ou...

– Mas ela... Ela é virgem. Menor de idade!

– Todas nós somos virgens. E a única que não é menor de idade está em cima de você. Nós te amamos, seu bobo.

– Vocês... Vocês são virgens?

– Ahhhh. Ele não sabia!

A mais velha abre o zíper da calça de Ângelo. Como não tem o hábito de usar cuecas, seu pau salta pra fora, já em riste. A mais velha ordena à do meio:

– Traz a pequena aqui. Vamos mostrar a ela a diferença entre um vibrador e uma rola dura e quente.

As três o chupam com gana. Até então haviam se amado apenas entre elas, naqueles incríveis jogos que só três jovens virgens e desocupadas são capazes de inventar. A mais velha já havia sugado alguns pênis, mas nada além disso. Ângelo está numa enrascada, diante de um raro fenômeno: virgens experientes. Será o primeiro macho de três fêmeas famintas. A primeira presa.

Elas o devoram.

14

Noite abafada. Domingo. Hora indeterminada. Os relógios da casa seguem parados. Ângelo ainda não notou o que certamente irá estarrecê-lo. Todos os relógios pararam precisamente às 10 para as 4, mesmo horário do relógio de parede quebrado que ornamenta sua obra, e que este, por sua conta, voltou a funcionar.

Ele desliga todos os aparelhos da casa, inclusive a parafernália digital que integra sua obra. Primeira vez que faz isso. Sente grande alívio. Atira-se na cama. Fica ali por alguns minutos, olhando o teto e tentando não pensar. Ah, fosse possível esvaziar a mente de tanto pensamento imprestável e angustiante. Fosse possível não ter passado ou não se apegar ao que passou. Fosse possível esperar nada, dormir sem sonhar. Fosse possível hibernar por um ou dois anos...

– Te atropelaram?
– ...
– Carro? Caminhão? Moto?
– Três irmãs no cio.
– Miau.
– Sai fora, gato.
– Parabéns.
– Sai fora!
– Mereces uma condecoração.
– Ok, chega. Desce da minha cama.
– Não se preocupe, não estou no cio.

15

Manhã chuvosa. Segunda-feira. Não me lembro de ter sonhado. Nada como 25 gotas de clonazepam. Verdadeiro milagre.

Ângelo acorda. Põe os pés ao mesmo tempo no chão frio de seu quarto e pensa hoje vai ser o que mesmo? Ah sim, dia de sebo. Fiquei de avaliar uma remessa de livros.

Enquanto se arruma, ouve os vocalizes de sua vizinha, cantora lírica que há anos ensaia diariamente as mesmas sequências e os mesmos excertos de árias. Em diversas ocasiões, teve ganas de visitá-la e apresentar-se só para poder dizer-lhe:

– Sabe o que eu acho? Toda prática diária deve ter como regra sagrada o silêncio. Caso contrário, o praticante deveria trancar-se numa câmara blindada com espessas camadas de fibra de vidro com o único fim de isolar o mundo de sua intolerável obsessão. Ninguém é obrigado a ser ultrajado pelas idiossincrasias de sua evolução técnica e artística. Por isso, entre as artes ditas nobres, apraz-me, em primeiro lugar, a dos escritores, quase sempre silenciosos; em segundo lugar, a dos artistas visuais, quando não nos atormentam com um esmeril ou serra elétrica; já os músicos, embora mansos e encantadores de um modo geral, insistem em alegar que nunca têm dinheiro suficiente para isolar acusticamente um cômodo. Assim, persistem a nos atormentar com seus estudos diários. E não há instrumento –ainda que seja encantador seu timbre –que não nos torture pela repetição. Evidente que se praticassem sem martelar à exaustão os mesmos rudimentos melódicos, a coisa seria menos insuportável. Mas os repertórios de treinamento repetem-se por anos sem conta. O resultado é uma longa e diária tortura, que nos leva a abominar coisas mágicas como o violoncelo, a flauta transversal ou uma ária de Pergolesi. Preciso, por tudo, fazer-lhe um pedido: mude de endereço. Ou monte um estúdio. Dinheiro? Veja se consegue juntar algum com o resultado do seu esforço.

A chuva escasseia. No caminho para o sebo de Olavo, Ângelo passa em frente ao café de Tina. Espia pela vidraça escura (onde se lê, em arco, com letras douradas, CAFÉ DA TINA) o interior do recinto. Ela dá orientações a um técnico, que monta um telão no lugar sugerido por Ângelo. Tina o vê e, animada, faz sinal para ele entrar.

– Uau, você é rápida.
– Uai, não é pra ser?

– ...

– Vem cá. Você sabe quanto custa um projetor de alta definição?

– Sei que é caro.

– Uma fortuna!

– Mas vale a pena. Quando você projetar um Wim Wenders aí, teu queixo vai cair.

Tina estranha os arranhões no rosto e nos braços de Ângelo.

– Você andou brigando?

– Ah. É. Não. Foi meu gato.

– Seu gato fez isso em você?

– O telão vai ficar bonito aí.

– É, vai.

...

– Obrigado, querido.

– Não me chama de querido.

– Desculpe. Queria agradecer...

Ângelo sai sem se despedir. Tina fica um tempo olhando-o atravessar a rua. O técnico chama a atenção dela para o posicionamento do telão. Ela volta ao trabalho.

O sebo de Olavo é um dos mais tradicionais do bairro. Funciona numa edificação de três andares, tombada pelo patrimônio histórico. O piso é de madeira corrida, já todo desnivelado. As prateleiras, fixadas em todas as paredes, são altas, tortas e irregulares.

Enquanto o livreiro conversa com alguns fregueses, Ângelo se distrai fuçando ao léu as prateleiras empoeiradas. Ele apanha um livro após o outro, abre-os numa página qualquer e lê em voz baixa a primeira sentença que vê.

– *Logo, esse, como qualquer outro, deseja o que ainda não está à disposição, deseja o que não está presente, o que ele próprio não é, aquilo que lhe falta, objetos de desejo, de apelo erótico?*

– *Os Firmamentos não se expandem, mas se curvam e se assentam por todos os lados*

— Essa é Flora de olhos azuis-escuros muito juntos e boca cruel relembrando em vinte e poucos anos fragmentos de seu passado, com detalhes perdidos ou colocados na ordem errada

— Not, I'll not, carrion comfort, Despair, not feast on thee

— Choveu o dia todo e por todo o caminho e as casas de ambos os lados da estrada eram interessantes, havia escolas com crianças brancas e escolas com crianças negras

— Nadie puede escribir um libro. Para
que un libro sea verdaderamente,
se requieren la aurora y el poniente,
siglos, armas, y el mar que une y separa

— La réalité étant trop épineuse pour mon grand caractere

— Digam o que quiserem dizer os hipocondríacos: a vida é uma coisa doce

— A flower given by her to my daughter. Frail gift, frail giver, frail blue-veined child

— Os sentimentos que mais doem são os mais absurdos: a saudade do que nunca houve, o desejo que poderia ter sido, a mágoa de não ser outro

O dono do sebo aproxima-se sem ser notado. Admira a habilidade e leveza com que Ângelo apanha cada volume, abre, lê, fecha e devolve ao seu lugar.

— Um tio meu, metido a escritor, costumava dizer que escrever é tão bom, que mesmo quando é ruim, é bom.

— Pra quem escreve pode ser bom. Duro é os outros lerem. Ler um livro toma um tempo que as pessoas não têm mais.

— Concordo.

— Então o senhor tá no negócio errado.

— O último escritor que lançou um livro aqui disse que escreve para 315 leitores. A tiragem das publicações dele nunca ultrapassa os 500 exemplares.

— E o que ele faz com o resto?

— Guarda na estante. Distribui. Dá pros parentes, pros amigos.

— Parente não lê livro. Amigo diz que lê. Ou só lê as primeiras páginas.

— Pois é. Disse que quando fez uma sabatina com o pai pra saber se ele tinha lido o livro, foi uma comédia.

– Os pais não se dão a esse trabalho.

– Por que será?

– Sei lá. Não deve ser agradável dar de cara com alguém baseado em você. O romance tem essa coisa. O personagem mais ou menos bem concebido resulta contraditório, frágil. Dois atributos que as pessoas em geral procuram esconder.

– Algum escritor já foi gentil com os pais na ficção?

– Não que eu saiba.

– E com os amigos?

– Com os amigos eles fazem uma salada de caracteres difícil de identificar. Mas os poucos que se dispõem a ler o livro até o fim acabam se reconhecendo aqui e ali.

– Nenhum amigo é retratado de maneira honesta?

– Pode ser. Mas se isso acontece, quase sempre é uma vendeta. Escritores são criaturas ressentidas. Especialmente com os amigos.

– Você escreve?

– Não. Gosto de ler.

Entre os volumes da remessa recebida pelo livreiro, um chama a atenção de Ângelo. A encadernação, fora de qualquer padrão, a textura da capa, rugosa e esverdeada, e o título: **Forma e Vazio**. Ele o abre e põe-se a folheá-lo. É fino, leve, pequeno, folhas de papel-bíblia, letras caligráficas. Não há prefácio ou prólogo, tampouco o nome do autor.

Nem eu nem você nem ele nem ninguém.

Nem sensação discriminação composição nem consciência nem características.

Nem visão audição olfato paladar nem tato nem mentalidade nem fenômeno.

Nem ignorância nem o fim da ignorância.

Nem envelhecimento e morte nem o fim do envelhecimento e da morte.

Nem sofrimento nem origem nem caminho nem fim nem percepção elevada.

Nem aquisição nem não aquisição.

Nada é produzido e nada para.
Nada é maculado e nada está livre da mácula.
Nem diminuição nem aumento.
Forma é vazia.
Vazio é forma.

16

Ângelo em casa. Está parado, olhando o vazio. Sua obra está inteiramente fora de controle. Não a compreende e prescinde de tudo o que diz respeito à sua continuidade. Inútil empreender ações ou pretender que se desdobrem no espaço e no tempo. Tudo o que criamos redunda pobre como nossas pretensões. A única coisa que presta em toda essa parafernália é o epitáfio que a define.

isto morre comigo
depressa e em silêncio

O resto ao fogo.

17

Mar.
Luria P. sentada num rochedo. As ondas dizem seus nomes a ela. Ângelo esparramado na areia. Abre os olhos.
– Você está lindo. Sua cabeça brilha como um sol. Se eu tivesse um coração, me apaixonaria por você. Faria amor com você. Me casaria com você.
– Sou um celibatário. Dos poucos que restam.
Luria P. gargalha alto.
– Amo sua risada. Me casaria com ela.
– Ou leva o pacote ou nada.
Ângelo fecha os olhos.
– O que aconteceu?

Luria P. olha as ondas.

– A vida ficou opaca do dia pra noite. O brilho evaporou. A esperança abandonou minha casa.

– Isso é com você.

– Só comigo?

– ...

– Ninguém pra ajudar?

– O problema é contar com isso.

– Não entendo.

– ...

– Não me deixe.

– O que você quer?

– Uma pergunta.

– Uma só.

...

– O entusiasmo volta?

– Isso é com você.

...

– Dá pra recuperar?

– Segunda pergunta.

– O que devo fazer?

– Parar de fazer perguntas. Deve se disciplinar. Desbravar esse mar. Perder medos. Tomar vergonha. Seguir adiante. Você deve.

– Quanto?

– Muito.

– E se não puder pagar?

– Tem juros.

– Me ajuda.

– O que acha que estou fazendo?

Luria P. olha as ondas. Ângelo olha as ondas.

– Qual o propósito disso? Dessa fúria?

Luria P. olha as ondas.

Eles fecham os olhos. Não se movem. Flechas de fogo na escuridão. Flashes contínuos de vidas e vidas concorrem no estreito espaço entre as mentes. Tudo é memória esperança e tudo é aqui tudo é agora. Tudo escorre entre os polos nada pousa nada repousa tudo voa e quica e volta e não fica. O cheiro de uma forma a forma de uma sensação, quando aportei aqui o medo era meu único amigo, ainda é, o que fiz de minha vida o que fizeram de nossos planos foram-se os anos ontem nasci hoje acho que morri minha casa não tem espelhos os relógios pararam

a parte de

Tina

tudo o que sei é que sigo em frente seja lá o que aconteça seja lá o que digam seja lá o que caia seja lá o que morra seja lá o que reste pois é como ouvi um senhor dizer aos sussurros ao ouvido de uma mulher pode fazer o que quiser no fim você vai ser minha então vou indo indo sempre em frente sem olhar para trás sem ler o que escrevi sem reler o que o vento levou sem parar pra pensar nunca pense antes de agir já disseram de maneira que me sinto ultimamente tão alvejada por pequenos fatos pela beleza de pequenos fatos que já nem me pergunto o que faz sentido o que não esta não é a pergunta sem olhar para trás mas agora olhei acabo de olhar uma bunda forte arredondada será que podemos ousar parar um cara assim na rua dizer ei você aí vem cá deixa eu apalpar essa bunda a ver se não é exagero imaginação minha a gente não escolhe essas coisas acontecem como um temporal de verão então sigo em frente só olhar para trás quando por uma bunda assim perdemos o norte e consideramos hipóteses pouco convencionais como essa de entrar com ele num quarto qualquer fazer loucuras até o pôr do sol e além depois seguir pra casa banho quente demorado dormir sonhar calmarias acordar quente dia seguinte café quente na cama o fato é que dei o pé na bunda do meu marido dez anos jogados fora mudar é a melhor coisa mudar tudo todo dia do dia pra noite mudar largar marido mudar de endereço vender carro largar emprego mudar de cidade fazer sexo com um estranho voltar pra casa sozinha sentir-se só saciada os buracos preenchidos e vício mesmo que é bom nenhum beber fumar ou drogas só sexo trabalho apenas cuidar de minha vida ainda bem que não tive filhos

dia desses um engraçadinho no mercado queria porque queria saber se eu era uma dessas garotas disse a ele que era mas que ele não podia pagar ele disse pago o dobro só pra ver você abaixar a calcinha e que não me tocaria pedi garantias ele sacou um tijolo de notas bem atadas com um elástico e gentilmente o ofereceu a mim isto na sessão de frios onde uma senhora com cara de vaca sonolenta escolhia sem pressa laticínios enquanto ele escolhia queijos franceses enquanto pela primeira vez considerei nada tenho a perder basta me despir pra esse aí vamos lá pra casa disse a ele ele disse agora eu disse por que não ele disse com hora marcada é melhor doçura agora ou nunca eu disse ele imediatamente largou todos os queijos e fomos saindo devagar como se não nos conhecêssemos ou como se tivéssemos acabado de nos conhecer

em casa fui logo tirando a roupa nem tinha terminado o cretino já havia lambuzado o chão da cozinha limpe isso disse a ele quis saber onde estava a toalha de papel disse a ele procure e fui ao banheiro fazer xixi

hoje o dia no café foi intolerável um rebanho de celerados pedindo pra eu tirar um mizoguchi e deixar rolar uns clipes idiotas mandei todos a merda quiseram pagar a conta disse que era por conta da casa

tenho andado meio estressada

voltar a meditar no parque é um imperativo

depois de passar a funcionar como uma espécie de cineclube os habitués do café correram fora ainda assim consigo manter clientela fiel quase sempre aparecem pra tomar um espresso conversar assistir a um bom filme

não preciso de mais que isso

talvez pouco menos ainda

ou nem isso

seja como for

teve um dia tava zanzando no calçadão atrás dos meus cremes veio um sem mãe dizer que eu era a coisa mais continuei andando ele apertou o passo vai me ignorar estou com pressa olha pra mim me deixa assim andam as mulheres do meu bairro disse a ele que estava de passagem passe sempre passe mais passe sempre que puder

esses caras

meu nome é ana ana cristina simon cesário mas todo mundo me conhece por tina tina a dona do café da esquina

casei-me cedo com um bronco sem modos sem noção minha mãe meu pai meus irmãos o adoravam não entendia a razão de tanta adoração sabia apenas que ele me comia com adorável empenho isto sim digno da mais pura adoração mas quanto a isto meus pais meus irmãos não podiam ter opinião se pudessem teriam

muito cedo percebi que aquilo era amor de pica como dizem bate e fica contudo jamais sequer desconfiei que nosso futuro conjugal seria a catástrofe mais bem sucedida do hemisfério sul do continente americano então fui tocando tocando o barco como se diz deixando as águas rolarem e remando e amando aquele bruto tesudo que adorava me ver abrir as pernas devagar gemia tão grosso e fundo o bárbaro e mandava ver sem dó eu pedia mais e mais sempre mais

como dizia uma amiga de colégio pica dura pouca é bobagem

mas sabia melhor do que ninguém e ele sabia que eu sabia que ele me traía com frequência

engraçado isso nunca me incomodou um homem com aquele furor animal em constante fervura a libido em lavas um homem daquele jamais se satisfaria com uma precisava de muitas pra aplacar a fúria dele ele é o que hoje chamam de *sex addict* mas que na ocasião era só um cara regular um cara como muitos a impressão hoje é que naquela época todos os caras eram *viciados em sexo*

claro que eu gostava

delirava toda vez que ele abaixava devagar minha calcinha enquanto beijava devagar minha barriga

disso meus pais meus irmãos não sabiam nem desconfiavam se soubessem se desconfiassem o odiariam por ser tão precisamente perverso com a filhinha querida deles com a irmãzinha querida por ser aquele que violava com estilo e vigor brutal a beleza sagrada da filhinha da família unida

como se não fosse a vadia que sempre fui e que toda mulher é quando alguém carinhoso e sacana abaixa devagar sua calcinha enquanto beija devagar sua barriga

o que essa gente pensa afinal?

o padre por exemplo do nosso bairro quanto mais dizia que sexo era coisa natural mas que era preciso etc tanto mais ficava agitado eu via ele pensa até hoje que não mas via o volume por trás da batina imagine então o tamanho da coisa o nome dele era César ainda está vivo o padre César papando as carolas do bairro só volta pra igreja pra rezar as missas habituais e dizer que sexo é coisa natural mas que é preciso etc

e tinha a amiga de faculdade que dizia que os padres são os melhores

sei que num belo dia resolvemos nos casar

estávamos almoçando saímos dali direto prum cartório o moço do cartório perguntou é com união de bens gritamos juntos um sonoro não que ecoou por toda a repartição depois assinamos os papéis fomos prum motel em lua de mel a moça do motel perguntou é pernoite perguntei o que você tem com isso ele gargalhou alto a moça teve um sobressalto ele disse é pra semana toda a moça fez cara de quem vai chamar a polícia ao invés disso apenas nos deu a chave fomos entrando na suíte ligando tv sauna hidromassagem cadeira erótica luzes da boate ar-condicionado tudo ao mesmo tempo e arrancando as roupas na tv uma peituda chupava um cara enorme e gemia muito enquanto ele beijava meu sexo com amor sincero e eu nem gemia ele implorava por que você nunca geme geme geme pra mim amor por favor mas eu só torcia o pescoço pra lá e pra cá devagar

primeiros anos o casamento vai bem obrigado por enquanto embora seja já possível ver o que não dá pra não ver por exemplo quando ele chega em casa do trabalho com um olhar em branco ausente como se tivesse acabado de chegar de um congresso interestelar de extraterrestres sobre questões relacionadas aos probleminhas que todo casal terráqueo enfrenta e tivesse feito ele próprio uma longa e prolixa preleção sobre o tema e usado nosso casamento como uma espécie de paradigma

cá do meu lado fico quieta faço minha parte o principal nessas horas é só perguntar toma um banho come alguma coisa fulano ligou pediu pra você ligar e essas coisas que falam os casais nos fins de tarde quando não têm assunto e a tv está ligada passando um documentário sobre obesidade mórbida e fingimos estar interessados apenas para evitar conversa apenas isso deixar o tempo resolver coisas que de toda maneira não podemos resolver

seja como for o tempo foi passando pois é isso o que o tempo faz sempre passa vai passando não tem intervalo as coisas acontecem todas de uma vez e vez por outra no meio da voragem rolam sinais como quando ela surgiu no banheiro de um shopping só eu e ela eu no espelho ela saindo do reservado a única anunciação que tive de sua estranha porém magnética presença foi a descarga a vácuo que faz um barulho assustador como se tivesse despachado alguém pra lua ela me encarou através do espelho disse nunca te vi por aqui contive a risada perguntei você mora aqui ela sorriu e perguntou seus seios são naturais aí não pude conter a risada e enquanto ria e checava seus enormes peitos quase pulando pra fora de um decote colossal disse você pergunta isso a todas ela sorriu de novo desta vez mostrando os dentes grandes brancos perfeitamente perfilados e falou só pras loiras com as mãos pingando e enquanto procurava uma toalha de papel eu disse quem disse que sou loira ela me estendeu uma toalha de papel e disse ah claro seios naturais e tinta no cabelo é típico típico de onde perguntei ela se aproximou devagar enquanto eu terminava de enxugar as mãos já com pressa de sair dali e falou olhando fundo nos meus olhos típico de uma caipira você deve ser de minas mato grosso goiás fiquei um tempo a encarando de volta só pra vaca não notar que eu tava nervosa e disse minas e fui saindo
  e não é que a vaca veio atrás

  meu nome é manuela e o seu tina e apertei o passo ela encostou e disse tá com pressa muita eu disse toma um café comigo insistiu

  descobri coisas interessantes sobre manuela enquanto tomávamos café me contou que era estilista e empresária bem sucedida dona de algumas lojas daquele e de outros shoppings da cidade que morava numa mansão vazia cheia de gatos e empregados achei graça no jeito dela de resumir sua vida daí resolveu me perguntar e você tina o que faz na vida nada demais disse sou casada e adoraria ter um negócio próprio mas a vida me trouxe até aqui por outros caminhos então posso dizer que sou uma dona de casa frustrada com um marido que já não me ama com o mesmo ardor mas não se preocupe estou certa de que vou resolver isso quando chegar a hora ela emendou quer começar agora e ficou me olhando

de repente estava beijando os peitos dela na beira de uma piscina gigante com um monte de persas quero dizer gatos persas nos rodeando cheios de curiosidade só não me pergunte o que aconteceu entre o café e os peitos de qualquer forma estava bem agradável ali me convidou pra jantar com ela perguntei jantar onde ela sorriu sorriso lindo disse aqui onde haveria de ser o que quer comer fiquei sem saber o que dizer perguntei como assim você tem um restaurante aqui ela sorriu de novo ah que bonito o sorriso dela apanhou um interfone ao lado da espreguiçadeira e ordenou vamos jantar às sete e de novo quis saber o que eu queria comer dei uma de louca falei badejo grelhado com batatas coradas ela ordenou ao interfone badejo grelhado com batatas coradas e desligou fiquei besta

parece que nossa capacidade de narrar está intimamente ligada a um tipo de grande saúde que cultivamos nem sei por que digo isso agora talvez porque esteja nessas alturas com certa dificuldade de prosseguir com isto que sem dúvida é uma narrativa ou qualquer coisa semelhante a um relato

ela cantava baixinho sempre que eu ficava triste isto me comovia chegava mesmo a me exasperar um pouco a comoção que me causava suas cantilenas mas não era esse o problema com manuela o real problema com ela era ela e suas manias intoleráveis de gente muito abastada que não aprende nunca e nunca percebe que o mundo não gira em torno de seus negócios então nessas horas esforçava-me para fingir que aquilo não me dizia respeito e de fato nada me diziam aquelas conversas intermináveis ao celular dando ordens a deus e o mundo gritando alto na rua ou onde quer que estivéssemos só porque a coleção veio com uma blusa desfiada ou o scarpan da nova temporada estava com um preço de custo muito alto e esses papos de sempre de quem vive de comércio e ama o lucro acima de qualquer coisa

triste vida

ok vida de quem não tem dinheiro também é mas a de quem tem muito e precisa ficar gritando ao celular é decididamente pior

uma vez me convidou pruma reunião de budistas achei o máximo pensei essa mulher só pensa em dinheiro e de repente me convida pruma coisa assim foi um alento um sopro de vida fresca em meio ao deserto de cifras e prazos então aceitei e fui feliz conhecer o centro budista mas qual não foi minha surpresa ao notar que muitos entre os que recitavam o daimoku o faziam basicamente pra conseguir comprar mais uma cobertura duplex num bairro nobre e bem localizado com uma bela vista aí disse a ela da próxima vez que me trouxer aqui vou começar a gritar ela disse ô tina deixa disso esse negócio de ser contra a riqueza acabou estamos no novo século todos já se convenceram de que enriquecer é a única solução menos você

enquanto isso eu e meu marido

antes disso preciso dizer que nesta época comecei a beber beber pra valer manuela era praticamente uma alcoólatra e

ainda antes preciso declarar meu amor pelas mulheres nasceu cresceu e vicejou somente depois que manuela convenceu-me a amá-la o que naturalmente aconteceu pois as mulheres podem nem ser fiéis mas ninguém pode pôr em dúvida a sólida lealdade de seus afetos

mas como estava dizendo comecei a beber com frequência para acompanhar manuela que era além de estilista uma etilista legítima contudo a questão comigo é que o vício não pega em mim sou ao que parece imune a vícios o que nem sei se é vantagem ou não de toda maneira eu bebia bebia e permanecia a mesma sem alterações manuela dizia menina você é resistente a esse negócio nunca vi nada igual bebe mais bebe e eu bebia e não me importava adorava sobretudo os licores ela dizia nunca vi isso alguém gostar de licor desse jeito licor é bebida de gente sem tradição alcoólica que não bebe profissionalmente de gente boba metida a besta eu ralhava dane-se a tradição bom mesmo é um bom cointreau

enquanto isso meu marido e eu

engraçado

nesse meio tempo conheci ângelo nobre figura do bairro quase não falava só caminhava e caminhava eu o via sempre passando flanando por todos os cantos com uma pequena câmera nas mãos era uma coisa que me intrigava ele tinha um olhar que me tirava do lugar e na primeira vez que puxei papo com ele foi na feira na barraca do chico ele queria tomates verdes chico meio aborrecido dizia meu filho deixa disso tomate bom é tomate vermelho só vendo do bom só tem vermelho ângelo me olhou com olhos bem abertos e disse baixinho os vermelhos apodrecem depressa no que chico se apressou em perguntar você compra tomates pra comer ou pra deixar apodrecer ele ignorou o velho depois mandou a queima roupa você tem tanta beleza que talvez tenha enlouquecido pessoas sem saber fiquei muda de um tanto que ele sorriu e disse você é amarela e tem cheiro de manga perguntei sem graça verde ou madura ele disse de manga sei lá toma um café comigo não sei o que acontece que de todas as cantadas que já levei mais da metade foi esse toma um café comigo não sei acho que as pessoas me olham e sentem vontade de tomar café sentem cheiro de café ou creem que sou louca por café que só tomo café raramente alguém me convida prum martini o que não seria má ideia mas aí saímos dali e paramos num boteco onde só tinha café de coador ele disse aqui não vamos naquele da esquina tomar um espresso o dono é mineiro só trabalha com grãos de pequenas fazendas achei graça no detalhe como assim grãos de pequenas fazendas perguntei ele disse café artesanal de pequenos produtores que não trabalham com cooperativas estocam os grãos de um modo especial e só vendem no atacado pra comerciantes que conhecem e nos quais confiam ele pediu dois espressos puros sentamos numa mesinha do lado de fora e ele foi logo avisando não fique achando que estou interessado em você o que você quer que eu ache eu disse ele sorriu sem mostrar os dentes e perguntou você consegue não achar respondi em geral acho coisas todo mundo sempre acha um monte de coisas sobre muita coisa mas como você está me pedindo vou me esforçar pra não achar nada ele sorriu de novo de novo sem mostrar os dentes e disse desculpe é claro que você pode achar o que quiser eu disse claro que vou achar o que eu quiser até porque isto não é da sua conta ele deu sua risada finalmente vi seus dentes claros seus olhos brilharam e ele disse depois de uma curta pausa céus você é um encanto eu disse sou casada vamos pular essa parte ele assumiu um tom subitamente sério deixou escapar um que pena quase inaudível o café chegou colocamos o açúcar mexemos com a colherinha e este é quase sempre um momento em que não há o que dizer mas depois do primeiro gole ele disse de toda maneira não rolaria nada dei uma de besta perguntei não rolaria nada aonde ele disse entre nós daí foi minha vez de dar minha risada ele fez cara de espanto eu disse mas você acabou de me pedir pra não achar nada eu sei eu sei ele disse meio acanhado mas é que você é você você é completamente irresistível eu sei eu disse e seus olhos lindos de um verde raro lacrimejaram devagar

    perguntei que que foi ele calou terminou seu café numa golada viril a lágrima só não escorreu porque logo depois da golada ele pegou o guardanapo pra passar na boca e aproveitou pra num gesto rápido demais pra ser visto mas que eu vi passar nos olhos e dizer sou um celibatário quis rir da piada mas como ele de repente pareceu circunspecto como um inspetor me contive e com cautela perguntei como assim você não mantém relações nunca ele confessou só com putas aquilo soou estranho fiquei achando que ele carregava lá seus ressentimentos algum trauma afetivo mas como em vespeiro alheio não se mexe limitei-me a terminar meu café que já estava frio e arrematar então você não é exatamente um celibatário ele disse celibatários fazem sexo eventual quem disse perguntei o padre césar ele emendou e rimos juntos depois do que ele disse meu celibato é restrito a namoros e casamentos perguntei por que porque é impossível

impossível pra você talvez eu disse você é casada sou e como tem sido tem sido um inferno então tá vendo ah mas isto não quer dizer nada etc

saímos dali caminhando fomos dar uma volta visitar o velho mirante onde podemos apreciar a bela panorâmica do rio madeira e do outro lado da cidade e perceber de novo o quanto moramos afastados de tudo e o quanto nosso bairro em verdade não é bem um bairro mas uma espécie de cidadezinha vizinha do resto da cidade que é bem grande e barulhenta no entanto nosso bairro não é exatamente um recanto de paz é verdade ele disse cresceu muito nos últimos anos tudo cresceu demais nos últimos anos eu disse é verdade o mundo está lotado você se importa perguntei ele fez uma longa pausa durante a qual pude ouvir o barulho do vento e notar que ele mirava a cidade com olhos de quem já não está mais aqui depois perguntou você tem filhos não e você também não e ficamos em silêncio olhando o horizonte cinza cheio de prédios

na volta me contorcendo de curiosidade pedi a ele me conta uma de suas aventuras com uma dessas garotas ele me olhou de lado desconfiado disse por que quer saber pura curiosidade isso te excita perguntou e se excitar mandei de volta ele apertou o passo falou outra hora te conto dei uns pulinhos implorei que nem criança ah outra hora não agora vai por favor conta juro que não vou achar nem falar nada nem fazer perguntas nem rir ele parou e disse ok vamos praquela sombra e apontou uma árvore grande umas das únicas da área onde eu e meu irmão brincávamos de subir em árvore quando éramos crianças

o nome dela era geovana claro que devia ter desconfiado até porque sou um usuário dessa coisa claro que não chega a ser assim um vício mas de qualquer forma é uma coisa que faço sempre então conheço bem essas garotas e com ela a geovana cometi uma distração fatal ao telefone ela disse não faço anal eu disse ok e desliguei acontece que ela era uma gostosa modelar de maneira que me esqueci de perguntar beija na boca e ela claro deu uma de besta e deixou por isso mesmo porque pra mim se ela diz não faço anal fica obviamente subentendido que o resto ela faz mas as coisas não são bem assim com essas garotas e quando chegou a hora notei que ela não só não gostava e não sabia beijar como ficava naquela de dizer ah mas você devia ter perguntado porque aí eu teria lhe dito que beijar na boca não é minha especialidade aí pensei fodeu ou melhor não fodeu porque sabe quando é imediato imediatamente você se dá conta de que não vai rolar e de que não haverá milagre capaz de salvar a situação pensei ok ok perdi perdi mas não vai ficar barato esse negócio aí não vai sair de graça assim não essa aí não vai me levar na ondinha dela não até porque logo decifrei o joguinho ordinário de putinha ordinária de cidade grande onde o turismo sexual é um dos grandes negócios imagine ela só tinha 19 estava nessa há um ano e já falava como uma veterana orgulhosa de suas escolhas que já tinha visto de tudo que nada mais a impressionava então pra resumir ela era uma burocrata precoce incompetente com a carne durinha achando que tava com tudo e que tirar dinheiro de trouxa é fácil

    aí eu disse pra ela então me chupa pelo menos ou isso você também não faz ela disse só com camisinha e meu cu você chupa sem camisinha ela disse não curto esse negócio eu disse então vamos lá tou pagando caro por isso e quero que você me excite vamos lá e ela meio que sentou no meu colo e ficou naquela de esfregar a bucetinha na minha barriga eu disse isso é enganação você é uma puta ruim de serviço e eu não vou pagar por esta foda nem fodendo aliás nem não fodendo ela riu com um muxoxo de superioridade e falou não seja assim meu bem seja um bom menino aí eu fiquei realmente puto coisa rara aliás eu ficar realmente puto sobretudo com putas porque sabe acho que ser puta é negócio sério não é brincadeira ser puta é saber emprestar seu amor ainda que seja apenas por alguns minutos saber emprestar seu amor ao seu cliente amar seu cliente fazer com que ele se sinta amado mesmo que de mentira ainda que seja um desses que só curta pau no buraco acho que a puta tem que ser perita em todo tipo de amor e infinitamente generosa tão generosa quanto jesus na cruz tão piedosa e compassiva quanto as santas mais canonizadas da história

    cagada puta burra é cagada na certa

    e ela ainda quis me levar no bico com o papo furado de que beijo na boca é tudo é íntimo demais e que só ao namorado dela era dado esse privilégio mas aí fiquei bem puto e disse vem cá geovana diz aqui só pra mim você não beija porque é íntimo demais ou porque você não sabe beijar e tem vergonha que descubram que você é uma puta sem boca porque é isso o que você é uma puta sem boca portanto sem alma sem fase oral portanto sem o principal você tem toda razão beijo na boca é tudo portanto você que não beija é nada

agora cai fora daqui

ela foi saindo murmurou não precisa pagar eu disse claro que vou pagar faço questão aqui seu dinheiro que é pra você aprender a ser uma puta de classe da próxima vez e entender que puta não é bandido estelionatário criminoso ou deputado puta fode com os outros não fode os outros

mas você ainda é novinha demais pra entender isso

e burra demais

outra coisa da próxima vez que um cliente te ligar dá a letra toda diz pra ele seja honesta não faço anal e não beijo na boca porque não sei beijar sem logro sem trapaça ou então você vai descobrir que bem ao contrário do que você pensa você ainda não conhece os homens e que boa parte deles não é assim tão legal quanto estou sendo com você agora

uau quanta raiva eu disse ao que ele disse sim muita a raiva é uma dádiva quando bem empregada é como um golpe certeiro mas é preciso ter cuidado sim eu disse sem dúvida

e uma boa aventura com uma dessas você já teve claro que sim disse muitas conte-me uma ele hesitou outro dia outro dia não existe meu anjo quando então a expressão dele mudou ele empalideceu subitamente seus olhos quase se fecharam e ele olhou pra baixo e fez-se um silêncio depois do qual perguntei se estava tudo bem ele disse apenas pra nunca mais chamá-lo assim assim como nunca mais me chame de anjo desculpe eu disse escapou e fez-se outro longo silêncio depois do qual ele começou a me contar outra de suas aventuras

meu nome é suzana disse devagar como se quisesse gravar o nome dela no ar ela entrou e olhando assim você não dava nada sabe quando uma pessoa se esconde tão bem a ponto de deixar a gente sem saber o que vai acontecer e isto na verdade é um presente quando isso acontece e é raro e é profundamente sei lá é profundo

perguntei se bebia alguma coisa ela quis saber o que tinha vodca martini uísque conhaque e cachaça ela sorriu lindos dentes e disse você me prepararia um martini aquilo me derrubou aquele futuro do pretérito empregado de modo inesperado e tão sexy sei lá odeio essa palavra sexy mas a verdade é que aquilo foi sexy sabe

preparei o drinque ela bebericou e disse vem cá deixa eu sentir teu cheiro céus pensei ela é do tipo olfato sensível ela disse põe uma música tasquei um coltrane giant steps e fui direto pro colo dela ela ainda disse cheiro me enlouquece cheiro e pele a boca dela uma coisa entreaberta aproximei meu nariz da boca entreaberta dela e inspirei devagar tinha cheiro de sei lá de baunilha com menta que dava vontade de revirar ela do avesso ela abriu um pouco mais a boca e tocou a ponta de sua língua na ponta do meu nariz devagar meu pau subiu na hora ela disse baixinho enfia tua língua devagar na minha boca por favor aquele por favor acho que foi aquele por favor mais o jeito dela pedir aquele devagar mais o cheiro da boca dela a coisa toda fez meu pau virar uma alavanca industrial

foi lindo foi perfeito bola 8 na caçapa do meio

aí que depois dessa fiquei não hesito em dizer úmida pra valer e tomei coragem e disse vamos lá pra casa agora ele me encarou surpreso e seu marido está viajando o que você tem em mente as melhores coisas eu disse ele sorriu e repetiu sou um celibatário lembra eu disse faça de contas que sou uma dessas garotas uma das boas

que beijo doce dele logo lembrei da canção que minha tia cantava sem parar pedi outro ele começou a beijar meu pescoço esse negócio de pescoço pra mim complica pescoço orelhas nuca aproveitei o embalo sussurrei ao ouvido dele área perigosa ele nem ouviu seguiu lambendo a língua dele quente delicada a pressão exata nos pontos certos o cheiro dele pra complicar de vez madeira com tabaco o volume dele crescendo rápido entre as pernas dele falei acho que falei não lembro direito mas devo ter dito preciso te chupar agora ele sorriu de leve abriu devagar o zíper dele o membro dele já bem duro e vibrante saltou de dentro das calças dele direto pra minha boca dele

tudo era dele eu era dele ele era dele o mundo era dele e ele nem desconfiava

logo depois de um dos melhores orgasmos da minha vida ele se virou quase triste pra mim disse preciso voltar pra antes que terminasse a frase pulei no pescoço dele disse se você for embora vou cobrar ele riu depois ficou sério e disse fazer amor com você é como eu imaginava que fosse quando ainda era virgem e não sabia nada sobre o amor

tomei isso como elogio ou como ironia?

mas aí o tempo passou e vi que ângelo era um solitário empedernido e não muito afeito a laços afetivos de maneira que manuela voltou à pauta do dia

quanto ao meu marido ah o meu marido começou a me fazer pedidos estranhos de noite antes de dormir enfia isso em mim me amarra e me espanca e coisas assim eu claro fazia mas mais por pena do que por qualquer outra razão

teve uma vez foi hilário manuela precisou consultar um proctologista e a infeliz quis porque quis que eu a acompanhasse que estava morrendo de vergonha então fomos e já no consultório ela seminua o médico um perfeito cara de pau vira pra ela e diz então querida olha pra lá e me dá essa bundinha tive que me controlar feito uma criança pra não explodir em gargalhadas manuela com cara de quem ia me matar quando saíssemos dali e o médico dizendo não é sério eu cuido de bundinhas cuido bem não se preocupe e socando os dedos emborrachados encharcados de óleo no cu da pobre coitada fez ali uma discagem internacional a cobrar ela gemia um gemido grosso engraçado quase um pedido de socorro e o médico inacreditável a falta de vergonha na cara dele fiquei me perguntando como alguém decide especializar-se em proctologia nunca entendi direito isso e manuela num desespero de dar dó enquanto o doutor me dizia como um professor olha aqui está vendo esse pequeno nódulo é uma dilatação da veia retal ô manuela você está com uma bela hemorroida o que você anda fazendo com esta bundinha e ela diz sem jeito nada demais e o doutor pergunta você é das que ficam sentadas no vaso sanitário lendo um livro grosso manuela sim de fato gosto muito de ler nesses momentos são os únicos onde tenho paz pois então é isso atalhou o doutor você fica em posição defecatória mais tempo do que o necessário ela fez cara de quem não entendeu e pra encerrar a patacoada o doutor cara de pau diz não leia mais no vaso sanitário manuela seu cu agradece

a caminho do carro fiquei com dor de barriga de tanto rir manuela claro me excomungou disse que queria dar um tempo perguntei tempo de que darling ela deu um daqueles shows em plena avenida central sapateou gritou me xingou de todos os nomes ficou de todas as cores eu simplesmente dei as costas segui meu caminho ela ainda encostou o carro perguntou se eu queria carona vai tomar no seu cu inflamado eu disse e apertei o passo

asco de gente que dá showzinho na rua verdadeiro pavor disso

daí em diante tudo fluiu como um rio caudaloso que não pode ser detido minha vida deu uma guinada aliás dei uma guinada em minha vida separei-me do meu marido grande momento na história dos casais fiz um empréstimo bancário comprei o ponto do português da esquina abri um café e comecei a ser feliz atrás do balcão atendendo a clientes interessantes e educados que me bajulavam e me tratavam como a uma dama com o tempo fui dando meus toques providenciais no lugar botei lá uns livros de arte e literatura computadores wi-fi sem essa palhaçada de joguinhos pra evitar a molecada no som sempre rolando umas sessões de jazz blues indie rhythm and blues música étnica além de hermeto jards nelson cavaquinho yo-yo ma e uma ou outra sessão de clássicos eruditos contanto que não faltasse debussy e maria callas

tem uma hora em que a gente decide ser feliz como quem se vê entre duas opções ser ou não escolhi ser e fui e estou sendo e o resto acontece

que cultivem a infelicidade os sábios e os santos

até que um dia tava voltando do mercado com um monte de sacolas e topei com ângelo o que me resfriou o estômago pois desde aquele episódio não nos víamos ele quis saber se eu queria ajuda disse que não perguntou como andavam as coisas no café disse que tudo indo mas que faltava alguma coisa ele quis saber que tipo de coisa disse que podia rolar talvez música ao vivo ele mandou a queima roupa cinema e propôs que eu instalasse lá um telão e projetasse filmes que eu podia fazer uma programação e deixar nas mesas e no balcão uns fones de ouvido e que assim o cliente ficaria à vontade pra ver o filme ou ignorá-lo adorei a ideia

sabe tento evitar o quanto posso essa coisa de falar de ângelo mas é que o cara foi um furacão na minha vida engraçado um que passou e mal fez estragos uma pena realmente adoraria que tivesse feito alguns contanto é claro que não atrapalhasse meus planos de ser feliz e viver de encantos

porra a vida uma mágica um monte de planetas frios ou muito quentes e o nosso em várias cores nem tão frio nem tão quente girando em volta de uma bola de fogo e vem nego se queixar e o nosso com atmosfera campo magnético ¾ de água e nego com conversinha a vida um troço raro e tome teorias e conceituações vazias quero mais é luz do sol e noites e sonhos e celebrações

claro que também penso no enorme contingente de gente na mais profunda miséria comendo merda sem teto sem qualquer tipo de ajuda a exploração escrota do grande capital e a gente se ocupando com ninharias se atirando em fogueiras de vaidades afora os solitários os doentes os que sofrem de falta de amor excesso de brutalidade ou o contrário daí que a gente querer ser feliz em meio a isso soa hediondo mesquinho fútil acho o som desta palavra fútil muito justo é o som adequado ao sentido dela fútil frívolo leviano insignificante vão

essa merda de ficar cuidando da gente o tempo todo do nosso corpo saúde mente paz cultura de nossa bem aventurança enquanto o mundo explode pelos ares mães perdem filhos estupidamente em guerras burras hospitais lotados de doentes terminais becos abarrotados de gente sem esperança montanhas de sofrimento e morte enquanto anotamos em nossa agenda mudar a cor do cabelo comprar um par de tênis assistir àquele filme

e é complicado porque pra ajudar precisamos aprender a nos ajudar acontece que não sabemos como fazer mal conseguimos admitir que precisamos de ajuda não aprendemos a discernir tão fraco discernimento nosso reconhecimento a capacidade de nos esquecer o dom de nos deixar pra lá e prestar atenção ao que acontece a nossa volta ou bem diante de nosso nariz nos achamos fortes quando em verdade somos um velho chapéu de palha boiando num rio que não sabemos bem aonde vai dar

e em meio ao fogo cruzado de prantos e gritos temos a pachorra de sustentar a farsa de nos crer autossuficientes

noves fora o que não dizemos o que omitimos o que escondemos para que não nos acusem de fraqueza por que deixar de refletir quando essa é a única coisa que nos resta uma vida não refletida não vale a pena ser vivida

ultimamente como já disse venho sendo alvejada pela beleza de pequenos fatos pela delicada precariedade de nossa condição e venho constatando a cada dia

a fraqueza é superior à força

o fato é que quase sempre preciso dizer coisas antes de prosseguir

o dentista disse seu molar superior direito tem que ser extraído o dente está condenado e foi preparando a anestesia o boticão o dente estava mole ainda assim deu um trabalhão pra ser extraído empurra pra lá empurra pra cá e quando finalmente é arrancado vemos a enorme raiz e no lugar onde antes havia um dente há agora o buraco negro profundo vazio

vazia ainda assim ouço frank sinatra sozinha às 8 da matina achando a vida um lindo buraco negro profundo vazio

a vida a coisa mais curiosa e engraçada um eterno ciclo-circo de horrores belezas e surpresinhas de todo tipo a vida não estou falando da minha claro viver é a vida é

uma vez estava doente era moça e mamãe resolveu chamar o padre césar pra conversar comigo na verdade estava profundamente deprimida tinha tentado morrer tomando um monte de remédios e tinha acabado de voltar do hospital onde me fizeram uma lavagem estomacal e estava de cama e quando abri os olhos lá estava o padre sentado na beirada de minha cama com cara de profunda consternação e olhar de secreta superioridade que me irritou aí eu disse o que o senhor está fazendo aqui achando que estava sonhando mas quando ele abriu a boca pra perguntar se eu acreditava em deus vi que não era sonho infelizmente não não era era a mais pura e absurda realidade aí sim fiquei bem irritada a ponto de ter que controlar minha cólera e disse cai fora padreco daqui vá comer lá suas carolas seu puto mamãe entrou a tempo de ouvir seu puto e esbugalhou os olhos de um jeito que achei que fossem saltar das órbitas mas antes que pudesse dizer algo o padre com um belo gesto de autoridade clerical a impediu de falar e gentilmente pediu a ela que nos deixasse a sós pois segundo ele precisávamos conversar

acreditas em deus?
acredito que você não seja deus

em deus menina em deus você acredita?
acredito que você seja um puto
você está me ouvindo?
...
você tem fé?
você tem?
o sumo sacerdote é um servidor da fé
engraçado
o que é engraçado?
você padreco é engraçado
ninguém vive sem fé
eu vivo bem obrigada
impossível
impossível é não perder a fé
...
já perdeu a fé padreco?
nunca
mentira
nunca
mentira
você sabe o que está dizendo?
nunca estive tão lúcida
ninguém perde a fé
jó perdeu
jó apenas suspendeu a fé
ele perdeu
mas redimiu-se a deus no final
mas perdeu
é uma história edificante pois nos mostra que apesar de estarmos sujeitos a uma temporária suspensão da fé tudo o que devemos fazer é reconciliar-nos com deus e com sua graça divina e seu poder misericordioso
meu cu
outra vez era menina um mendigo quis abusar de mim num beco sujo da vizinhança onde costumava brincar sozinha disse a ele você pode até

tentar mas se eu conseguir agarrar suas bolas arranco as duas ele sorriu dentes hálito podre se aproximou devagar como quem quer acuar uma galinha disse você é minha garotinha alcancei uma barra de ferro no chão cravei no crânio dele nem sei de onde veio a força a pontaria a precisão o medo faz milagres vi o miserável tombar pesadamente a expressão de profundo espanto a poça de sangue aumentando devagar daí saí em disparada chorando gritando por socorro ninguém deu a mínima acharam que era histeria de menina mimada

de minha infância pouco ou quase nada resta por exemplo teve a vez que fui internada com depressão aguda numa espécie de clínica de repouso pra gente esquisita desculpe a expressão mas era isto o que aquilo era se não coisa pior de modo que depois de receber alta decidi nunca mais ficar deprimida e acabei inventado um sem número de expedientes para livrar-me com eficácia do fantasma do assim chamado demônio do meio-dia pois só sabemos se estamos realmente fodidos se o mal-estar prossegue no decorrer do dia se for apenas de noite e uma boa noite de sono resolver não é nada demais somente o pálido reflexo de uma depressão assim dizem os entendidos meu caso no entanto foi bem sério não conseguia levantar-me da cama pra tomar banho ou café e isto pruma menina da minha idade na ocasião com 12 era quase um caso raro pois a doença acomete com mais frequência os adultos posto que estes já sabem estão literalmente carecas de saber que a vida é foda não tem saída e que tá todo mundo fodido e mal pago no mesmo barco furado

como um funk de james brown não sex machine este já manjado demais refiro-me a hot pants coisa absurda o swing dos caras é isso é isso o que a vida é um funk bem i like hot pants sei lá a verdade é que a vida é um absurdo puta pau duro a nossa espera e a gente escondido em casa ou como proclama o sábio cazuza é pretensão de quem fica escondido fazendo fita porra sem essa os brochas que me perdoem mas pau duro é um fundamento

e quando digo pau duro não me refiro a coisa propriamente dita embora isto também seja um fundamento

houve um tempo em que dançava feito vadia em casas suspeitas roçando minhas partes em homens sem lei nem moral hoje a coisa é outra parece mesmo que uma pessoa vai sendo inúmeras no decurso do tempo e é mesmo esquisito comparar as pessoas que já fomos um dia fora as que hão de vir por exemplo sempre quis saber que espécie de velha serei se é que serei um dia

seja como for só posso dizer agora que meu amor por ângelo é um fato tão palpável quanto uma fatalidade irreversível a suprema ironia é que de todos os homens que cruzaram meu caminho ele tenha sido o único que amei de verdade no entanto tudo não passou de um encontro uma tarde de amor e ainda me pergunto sempre me pergunto se o deixei passar ou se de qualquer forma não teria sido capaz de mantê-lo ao meu lado ou de manter-me ao seu lado jamais saberei e esta pergunta pendurada no abismo sem resposta é uma bosta

acabo de saber que ângelo desapareceu sem deixar vestígios sua casa pegou fogo e não se sabe seu paradeiro nem o que causou o incêndio e tanto os bombeiros quanto a polícia ainda não solucionaram o caso de modo que isto me faz acordar de um sono longo e abissal para uma realidade de lâminas flutuantes sobre marés turbulentas sob céus escuros de mães cujos filhos são assassinados diante delas de trombetas ensurdecedoras de negras tsunamis revirando cidades para uma realidade com cheiro de cadáveres empilhados em uma vasta planície de sussurros para um esconderijo inalcançável numa montanha sem nome para um tremendo choque de placas tectônicas capaz de alterar o eixo orbital da terra para um relógio parado numa parede craquelada para uma tarde relegada que definiu a rota afetiva do resto de minha vida para paisagens lunares que são a tradução mais terrível da solidão que é a matéria negra que envolve 75% do universo e que até hoje os cientistas não fazem a mais vaga ideia do que seja enfim para uma coisa não devidamente percebida mal assumida que é justamente o fato de que o amo

alguém por favor

ajuda

amo-o

desesperadamente

mas agora é tarde

tarde demais

e voltarei a dormir

a parte de

zilda

1

Nome: Armezilda de Moraes Falcão. Todos a conhecem por Zilda. Já passa dos 70 e acha disposição para zanzar pra lá e pra cá. Trabalha de sol a sol e cuida do marido inválido. Dos filhos, já todos criados, os homens se casaram, as mulheres se perderam.

Sua pensão funciona no mesmo velho sobrado há mais de 45 anos. Zilda, sempre lúcida, não deixa as coisas desandarem. Cuida de tudo e de cada detalhe. Costuma dizer que herdou saúde e fibra de sua avó materna, Rosa Teresa, com quem manteve convívio afetivo desde criança, tendo sido criada por ela. A mãe de Zilda matou-se aos 47 anos, deixando dona Rosa atolada em dívidas. Quem a salvou da ruína financeira e moral foi Zilda, que ainda moça sabia o que queria e partiu para a vida sem medos ou hesitações. Antes de completar 24 anos recebera do pai, herói de guerra morto em combate, considerável herança. Com o dinheiro arrematou a casa de veraneio de uma família rica com o firme propósito de fazer funcionar ali uma pensão. À época, o sobrado ficava praticamente fora do perímetro urbano. Zilda abrigava viajantes e aventureiros em busca de trabalho temporário. Nas últimas décadas, a região cresceu tanto que, mesmo situada em bairro periférico, a pensão é hoje considerada uma das mais tradicionais da cidade.

Zilda cuidou de sua avó por mais de trinta anos. A velha matrona ensinou-a a cuidar dos negócios com firmeza e coragem. Agenor Madureira, com quem Zilda se casara na flor da idade, sempre fora um inútil. Durante os primeiros anos de casamento vivera da renda dos pais, ricos comerciantes. Quando seus irmãos tomaram conta dos negócios, tendo sido precavidos o bastante para deixar Agenor fora da sociedade, o declínio deste foi inevitável. Sorte é que, nessas alturas, Zilda já havia se estabelecido com a hospedaria e o dinheiro dava para o sustento de todos.

Almoço de domingo. Zilda na cozinha. Prepara com zelo carne de panela na cerveja preta, arroz de açafrão, feijão com bacon, salada de palmito com tomates e purê de batatas. Sua caçula, Ana Lívia, única filha que ainda tem por perto, arruma a grande mesa do refeitório. Ângelo, filho de Ana Lívia, está no quintal brincando na terra com seu caminhãozinho. Todo enlameado, empurra o brinquedo e imita o som do caminhão. Uma gata amarela invade o quintal, sorrateira. Ele observa o animal, que o encara de volta.

– Que que é, menino? Nunca viu uma gata?

Ângelo empalidece. Não sabe se corre, grita, chora ou chama a avó.

– Quieto. Se contar a alguém sobre isso, nunca mais vai me ouvir falar.

– Qual... é... o o se-seu... o seu nome?

– Me diz o seu.

– Ân... Ân-ge... ge-gelo-lo.

– Suponho que seja Ângelo.

– Ângelo!

– Sim, entendi. O meu é Gertrude Stein.

– ...

– Mas pode me chamar de Gertrudes.

– Ô-ô-ôlá Ge-Ger-Ge...

– Ok, procure respirar. Vou dar uma volta, depois conversamos mais.

– ...

– E não esqueça de nosso trato: falou que eu falo, me calo.

Oito anos antes, quando soube que estava grávida, Ana Lívia fizera uma promessa: permaneceria muda para o resto da vida. Foi seu modo de punir-se pelo desastre da gravidez indesejada. Para Zilda, a notícia chegou como uma confirmação. Sempre desconfiara que suas filhas carregavam o que chamava de "sinais da maldição". Contudo, jamais imaginara que justamente a caçula, a ela muito apegada, viesse a se tornar vítima de tamanha destemperança. As irmãs sabiam quem era o pai, mas o combinado entre elas foi o de não revelar o que sabiam a ninguém. Na ocasião, as duas mais velhas tentaram convencer a mãe a autorizar o aborto. Diante da inflexibilidade desta, no entanto, acabaram desistindo. O menino foi batizado: Ângelo de Moraes Falcão. Zilda escolheu o nome em homenagem ao amigo e ao trágico acontecimento que envolveu seu súbito e misterioso desaparecimento, meses antes de o menino nascer.

Ana Lívia faz sinal da porta da cozinha para o menino entrar. Mesmo de longe, ele é capaz de traduzir os gestos da mãe. "Direto pro banho, o almoço está na mesa." Ele corre em direção à casa. Ana Lívia gesticula com firmeza: "Tome banho de mangueira. Sua avó vai ficar louca se você entrar aqui desse jeito." Ângelo dá pulos de alegria, chama a mãe para ajudá-lo com a mangueira. Ela dá as costas e entra.

Zilda chama os hóspedes para o almoço. Lívia vem da cozinha e termina de pôr a mesa.

– E teu pai? Dormindo até agora?

Ana Lívia responde com seu alfabeto gestual:

"No banho."

– Agora deu pra acordar tarde e ficar debaixo do chuveiro. Apressa ele. Cadê o Augusto?

"Não sei."

– E o meu neto?

"Lá fora, tomando banho de mangueira."

Zilda abre um largo sorriso e corre pro quintal. Alguns hóspedes se acomodam à mesa. Mal humorada, a caçula sobe as escadas, segue até o quarto dos pais e espanca a porta do banheiro. Um dos pensionistas, de passagem por ali, aproxima-se educadamente.

– Quer ajuda?

Ana Lívia gesticula, aflita: "Ele não quer sair do banheiro." Ela espanca novamente a porta e faz sinal para o hóspede dizer alguma coisa.

– Seo Agenor! Almoço está na mesa!

– Ahhhh tomar no buraco do cu.

Ela deixa escapar uma risada. O rapaz também ri, sem graça. Estudante recém-chegado à pensão, veio à cidade grande prestar vestibular. Os pais, interioranos, são pobres e o sustentam com o mínimo de recursos. Ana Lívia já havia notado sua beleza e recatada educação. Aprecia sua timidez e o fato de falar baixo, rara exceção entre os hóspedes. Ela sorri para ele. Ouve-se o chuveiro sendo desligado e os resmungos de Agenor. Ansiosa, ela faz estranhos sinais para o rapaz, que diz:

– Quer que eu o chame de novo?

"Não. Quero que fique aqui comigo."

O estudante encara-a sem saber o que fazer. A caçula fez voto de silêncio, não de castidade. O fato de não falar torna sua libido algo às vezes incontornável. Ela avança sobre ele e tasca-lhe a língua na orelha, o que o faz explodir numa estranha gargalhada. Neste momento o pai escancara a porta. Está nu e agarra-se com dificuldade nas barras de segurança do banheiro. Atônitos, ambos o encaram. O velho despenca no chão molhado.

– Socorro!

O rapaz se adianta para ajudá-lo. Agenor o repele:

– Não toca em mim. Cheira à bosta de vaca.

A filha acorre e consegue pôr o pai sentado na privada.

– E o Augusto, cadê? Chama sua mãe pra me enxugar.

"Ela tá servindo o almoço."

– Então chama o Augusto!!

Lívia corre dali, indignada. O rapaz segue encarando Agenor.

– Tá de vara dura, fazendeiro? De esfregar na minha filha? Não tem vergonha de tirar proveito de uma muda? Dizem que ela não fala, mas chupa bem.

– Se o senhor não fosse um velho paralítico...

O estudante se afasta com expressão de asco. Agenor permanece sentado na privada, pingando, a cabeça baixa.

– Bolinador de teta de vaca. Matador de galinha. Comedor de buceta de égua. Vê se chama o Augusto pra descer comigo daqui! Tou com fome!

Zilda esguicha água em seu neto, que pula e grita e ri. É o queridinho da vovó, sua única alegria. Quase tudo foi decepção em sua vida afetiva. Os filhos, todos empresários bem sucedidos, afastam-se cada vez mais. A mãe desconfia que a condição do pai, mais e mais complicada, tenha sido o principal motivo. Toda vez que um deles aparece, Agenor faz discursos exaltados sobre ingratidão filial. Com a distância, Zilda é obrigada a tolerar a ausência de seus 12 netos, pois os filhos quase sempre viajam com suas famílias a trabalho, muitas vezes em longas temporadas no exterior. Ademais, a condição de saúde do marido e os intermináveis afazeres na hospedaria não permitem a ela dar-se ao luxo de conviver com os filhos e netos como gostaria. Na pensão, seus velhos amigos, hóspedes de outros tempos, já morreram ou se foram. De suas três filhas, apenas Ana Lívia se mantém próxima. Seu voto de silêncio dificulta um pouco as coisas, mas no final a mãe sente-se responsável pela filha e pela criação do neto. No fundo, Zilda se condói de sua caçula, para quem não vê saída. As outras duas, Ana Paula, a mais velha, e Ana Bella, a do meio, perderam-se nos redemoinhos da vida. Ambas seguem solteiras. Ana Paula está na Itália, vivendo dos favores de traficantes e se prostituindo entre os canais de Veneza. Antes disso, ainda aqui, fora garota de programa e dançarina em casas noturnas. Vez que outra, Zilda recebe um postal com declarações de amor, típicas dos que decidiram não voltar. Ana Bella segue carreira como bancária, mora sozinha e faz questão de cultivar sua independência, mas padece de um renitente fracasso afetivo; não consegue encontrar um parceiro decente, ainda que gaste seu tempo livre tentando. Apesar de entrar em constantes desavenças com a mãe, Bella dá as caras de quando em quando na pensão. Zilda se ressente do triste fato de que, apesar de fazer tudo para disfarçá-lo, o desespero de sua segunda filha mostra-se cada dia mais evidente. Por fim, Agenor, paralítico da cintura pra baixo desde o acidente de carro que o vitimou, aos 53 anos, nas últimas duas décadas só fez aumentar a gravidade de seu estado, bebendo e fumando sem parar. Assim, Zilda só acha afeição e contentamento na convivência com o único neto que mantém por perto.

Há coisa de duas semanas, Ana Lívia veio ter com a mãe.
– Que foi, filha?
"Preciso lhe falar."
– No meio da novela? Não dá pra esperar?
"Não. Agora."
Zilda se acomoda no sofá e pede à filha para se sentar ao seu lado. Ela, no entanto, prefere ficar de pé.
– Fala.
Ana Lívia começa a esfregar os olhos, as lágrimas escorrem.
– Ah Deus. Que foi dessa vez?
A mãe tenta abraçá-la. A filha a repele delicadamente.
"Quero me casar e ir-me embora daqui com meu filho."
– Ficou maluca? Casar com quem? Com um pé rapado qualquer? Acorda, filha. Você tá muito bem onde está. Seu filho tá virando um mocinho. Não suportaria ter um pai nessas alturas. Ainda mais um estranho que nunca viu. E você? O que sabe fazer pra querer casar? Nem pra cozinhar direito presta. Que vida você quer dar pro seu filho? Tem que casar com um rico. Agora diz: que homem bem sucedido vai querer casar com uma muda? Ainda mais com um bastardo a tiracolo?

Zilda enxuga o neto com uma toalha felpuda. O menino, apesar de grandinho o bastante pra se enxugar sozinho, adora os paparicos da avó. Lívia aparece na porta da cozinha e faz sinal para eles entrarem.

À mesa estão alguns pensionistas, Ana Lívia, seu filho e Zilda. Ninguém diz uma palavra. Ouvem-se apenas ruídos de talheres e mastigações. Zilda provoca:

– Não é proibido falar não, gente!

Ângelo se adianta:

– Quero mais purê, vó.

A avó apanha a tigela de purê. Ana Lívia a detém:

"Não, mãe. Senão ele só come batata."

– Deixa o menino comer o que quiser.

Augusto traz Agenor no colo, o coloca em sua cadeira de rodas e a encaixa na cabeceira da mesa.

– Sobrou alguma coisa pra mim, cambada?

O velho se serve de um naco grande de carne e faz uma montanha de arroz com feijão.

– Cadê minha pimenta? Quero minha pimenta.

Zilda, calmamente:

– Acabou.

– Acabou? Alguém roubou?

Um hóspede deixa escapar:

– Pimenta faz mal pro...

– Alguém te perguntou? Tou morrendo, fiadaputa. Posso comer até merda se eu quiser.

Agenor enche a boca de carne, tira um bilhete de loteria do bolso e, cuspindo, proclama:

– Se você jogar tem uma mínima possibilidade! Se não jogar, impossível!

Alguns hóspedes riem. Um deles diz:

– Ele não desiste.

– Vai que dá sorte.

– Vou ganhar 70 milhões!

Zilda:

– Ah. E vai fazer o que com isso tudo?

– Vou-me embora pro estrangeiro salvar minha filha. Tirar ela das garras dos bandidos. Aproveito pra conhecer a Rússia. Compro um estoque de vodka e entorno tudo. Vou ver a neve e morrer de vodka.

Zilda sorri:

– De tédio, meu velho. Vai morrer de tédio. Preso nessa cadeira, como convém.

Augusto passa pelo refeitório, apressado. Zilda o chama.

– Vai aonde, meu nego?

– Comprar pimenta. E uma garrafa de vodka.

– Compra jornal também. E vodka, traz a nacional.

Agenor se contorce na cadeira:

– Stolichnaya.

– Isso quando você ganhar na loteria. Traz Natasha, Augusto.

Agenor implora, os olhos rasos:

– Smirnoff pelo menos.

– Natasha, Augusto. Traz uma Natasha.

Com sua habitual fleuma, Augusto dá as costas e sai.

2

Augusto é um mulato sexagenário. Alguns diriam pernóstico, mas é só a primeira impressão. Talvez por parecer reservado ao extremo e exibir olhos grandes e acesos, os mais desavisados teimam em dizer que é metido a sabido. Trabalha na pensão desde o começo. É grande amigo de Zilda. Mais que isso, um integrante da família. Conta-se que dona Rosa Teresa abrigava em sua casa a filha desquitada, a filha desta (Zilda, na ocasião com 10 anos) e Mirian, doméstica que trabalhava na casa há mais de 20 anos. Um belo dia, dona Rosa recebeu a notícia de que Mirian estava grávida. Desde então a doméstica passou a ser perturbada por constantes surtos. Limpava a casa desconsolada, resmungando sem parar pelos cantos: "Não sei quem é o pai, ninguém sabe, não tem como saber, criança tá perdida, desgraçada, não tem pai, não sei quem é o desgraçado, é tanto desgraçado fazendo besteira, não sei quem é o dessa criança, ah coitada..." E assim seguia, horas a fio, até terminar a faxina. A avó de Zilda a amparava e a tranquilizava, assegurando que juntas criariam a criança. Aparentemente isso foi o bastante para acalmar os nervos de Mirian, que acabou dando à luz um menino. Dona Rosa sugeriu batizá-lo de Augusto, nome de seu falecido marido, pois, segundo ela, os olhos eram os mesmos. E assim se fez. Uma semana depois, porém, para espanto de todos, Mirian fugiu de casa, abandonando o filho aos cuidados da patroa. Deixou um bilhete:

> Dona rosa criança sem pai num presta tem qui sumi nesse mundo de deus procurar o disgraçado achar disgraçado brigada de tudo de bom qui a sinhora me deu me desculpe de tudo. Mirian.

E sumiu e nunca mais voltou.

Assim, Zilda se viu feliz da vida ao ganhar um irmão. Ambos cresceram juntos, debaixo das asas da avó. Anos depois, após o suicídio de sua mãe, na mesma ocasião em que inaugurava sua hospedaria, Zilda levara com ela a estimada avó e Augusto, que, desde então, tornara-se uma espécie de mordomo da pensão.

Augusto estudou até o 2º grau, mas sua inteligência e estranha sensibilidade o levaram, muito cedo, a se interessar por astronomia e disciplinas afins, especialmente astrologia. No caminho para o mercado, considera a possibilidade de se mudar o quanto antes para um planeta não muito distante. Soube que a última grande descoberta dos astrônomos foi a de um exoplaneta com condições ideais de vida, onde a água é abundante e vigoram temperaturas entre 31 e 12 graus. O planeta é considerado pelos cientistas potencialmente habitável. Tem o tamanho da Terra e três vezes sua massa. É chamado de Gliese 581g, pois orbita a estrela anã vermelha Gliese 581, e está há apenas 20 anos luz de distância da Terra, na constelação de Libra, signo de Augusto. O curioso é que Gliese 581g tem um período orbital de menos de 37 dias; em pouco mais de um mês completa a órbita em torno de sua estrela. Sua massa indica que é um planeta rochoso e com densa atmosfera e, por essas e outras, quero me mudar pra lá. Augusto pensa em coisas assim enquanto caminha às margens do canal. Por conta da maré baixa, o rio corre frouxo e mal cheiroso no fundo do enorme canal, que corta a cidade ao meio e desemboca no mar. Enquanto anda, imagina o que diria a Deus se o Próprio se apresentasse a ele.

– AUGUSTO. ESTÁ ME OUVINDO?
– Até um surdo te ouve.
– O QUÊ?
– Esquece.
– VOCÊ ESQUECE?

– Não entendi.
– VOCÊ É DO TIPO ESQUECIDO?
– Esqueço sempre. Esqueço muito.
– ISSO É BOM.
– Quem disse?
– ESTOU DIZENDO.
– Quem?
– EU, DEUS.
– Quem me garante que você é Deus?
– EU.
– Se Você é Deus, me leve agora para Gliese 581g.
– ONDE FICA ISSO?
– Há 20 anos luz daqui, na constelação de Libra.
– O QUE VAI FAZER LÁ?
– Pesquisar formações rochosas.
– PRA QUÊ?
– Hobby. Passatempo. Diversão.
– SOZINHO?
– Me disseram que pode ter gente lá.
– QUEM DISSE?
– Os astrônomos.
– OS MESMOS QUE DERAM O NOME DE GLIESE 581g AO PLANETA?
– Sim.
– E VOCÊ CRÊ EM GENTE QUE DÁ ESSE NOME A UM PLANETA?
– Não tinha pensado nisso.
– VOCÊ PENSA?
– Eu tento.
– DESISTA.

3

O fiel mordomo de Zilda carrega uma sacola com um litro de vodka, um vidro de molho de pimenta e um jornal. Ele faz hora às margens do canal. O mau cheiro o atordoa. O mulato tem apenas um metro e 57 centímetros de altura, o que também o atordoa. Soube, por recentes pesquisas feitas nos Estados Unidos, que de 1 metro e 77 para baixo, cada 2 centímetros a menos exige que um homem tenha mais 40 milhões de dólares em sua conta bancária para despertar o interesse das mulheres. Neste caso, calcula, com 20 centímetros abaixo do limite mínimo, teria de ser um megamilionário com 800 milhões de dólares para ter alguma chance ao norte da América. Ainda bem que estou ao sul, onde baixinhos e carecas fazem certo sucesso e têm seu charme assegurado pela lenda. Reza a tradição popular que baixinhos e carecas são sexualmente imbatíveis e que seus instrumentos de amor chegam, às vezes, a medir mais de 20 centímetros. De toda maneira, já não sou mais um garoto. Pra que pensar nessas coisas? Nunca tive interesse afetivo por mulher alguma – tampouco por homens – e posso crer, de igual maneira, que ninguém nunca se interessou por mim. Virei celibatário não por opção, mas por insistência. Insisti em permanecer sozinho. Quem mandou ter a lua em aquário? Lua em aquário não propicia bons encontros, que dirá casamentos. Com o tempo, a gente se acostuma, eis o perigo, e nossa seiva de compartilhamento vai secando mais e mais, até nos convencermos de que prescindimos de alguém em nossa vida. Daí em diante, nos bastamos sozinhos. Ou assim acreditamos, em todo caso.

Seja como for, se este rio falasse...

4

Depois do almoço, Zilda se estica na rede da varanda. É sagrada sua sesta. Sonha com um jovem rapaz, espécie de filho-amante com quem mantém ardorosa relação de amor. No sonho, ela não é de carne, pois carne estraga e dura pouco. É feita de cristal. Solidez, durabilidade e potência fluem de seus abraços. É invadida por imensa empatia. O rapaz a beija. E é como se seu corpo a conectasse ao cosmos. Sua transparência faz rebrilhar os mais justos anseios. Acorda encantada. Decide ficar deitada mais um pouco. Passa a recordar os tempos idos. A partir de certa idade só nos resta o passado, acúmulo de ontens, e quase nenhum futuro. O essencial passou e não nos apercebemos. O guardado para amanhã pouco importa. Amanhãs, neste caso, não nos mobilizam mais. Apenas no que passou procuramos sentidos.

Em seu surto reminiscente, Zilda recorda a estranha dupla que fez história na pensão: Gregório Santos e José Kátia.

Gregório Santos era filho de ricos fazendeiros do norte. Decidiu abandonar o luxo que o rodeava e vir para a cidade grande. Dizia preferir o som ensurdecedor dos amanheceres urbanos à quietude suntuosa da mansão rural de seus pais. Os irmãos tentaram impedir-lhe a fuga, mas Gregório convenceu a todos com um ardil, no mínimo, inacreditável: alegou ter sido abduzido, numa madrugada, por seres de outro planeta, e que o combinado era ele partir o mais brevemente possível para um local de grande densidade populacional. Assim os extraterrestres poderiam, por um criterioso mapeamento de seus passos, acessar informações que, de outra forma, não lograriam obter, pois suas naves não devem, em nenhuma hipótese, serem avistadas sobrevoando grandes centros urbanos. Os irmãos ficaram um tempo olhando para a cara de Gregório. Este apenas sorriu e disse: "Não ousem me impedir. Os seres são de Júpiter, maior planeta de nosso sistema, cerca de 1300 vezes maior do que a Terra. Além da Grande Mancha Vermelha e de suas quatro grandes luas, o planeta apresenta anéis. Sua composição química é muito parecida com a do Sol, 86% de hidrogênio e 14% de hélio. Só não é uma estrela porque sua massa não é suficientemente grande para elevar a pressão e a temperatura dos gases a ponto de causar a fusão necessária às reações nucleares. O núcleo de Júpiter é muito quente e libera três vezes mais calor do que recebe do Sol." Após a preleção, Gregório partiu.

E assim foi que, ao chegar à cidade grande, decidiu tornar-se contador. Estudou administração e, mais rápido do que se supunha, arranjou emprego numa grande empresa de advocacia. Certa manhã, diz ter sido despertado por alguns oficiais de justiça. Segundo consta, traziam a ele um mandato de prisão. Não disseram a razão, apenas que estava preso e que não deveria sair da cidade. Na pensão ninguém acreditou na história. Zilda chegou a achar que seu inquilino variava das funções mentais. Com o tempo, o pacato rapaz de olhos negros e cabelos sempre bem penteados foi ficando cada vez mais embotado, até desaparecer sem deixar vestígios. Uma semana depois, Zilda recebeu sua família. Ao todo, 12 pessoas muito polidas, estranhas e silenciosas. Ao vê-las, compreendeu um tanto mais a angústia de Gregório. O pai mencionou, a contragosto, o episódio da abdução. Os irmãos chegaram a fazer as mais bizarras conjecturas sobre o súbito desaparecimento. A mãe quis ver as instalações do filho. Zilda a levou até o quarto de Gregório, o mais reservado da pensão, conhecido como "o último do grande corredor, à esquerda". Com ar de grande consternação, sentou-se na beirada cama – ainda forrada com as cobertas do desaparecido – e perguntou a Zilda se também tinha alguma suposição que explicasse o sumiço de seu filho.

– Ele chegou a dizer que... Disse que, certa manhã, recebeu uma ordem de prisão. Que não podia sair da cidade porque estava preso. E que seria condenado em breve.

A mãe deixa escapar uma risadinha, seguida de um muxoxo de alívio.
– Ah, é isso? Desde pequeno ele inventa essa história.

José Kátia quis mudar seu nome uma porção de vezes. Contudo, ao se dar conta do trabalho que teria, resolveu assumi-lo. O pai era José, a mãe, Kátia. A crueldade dos genitores ao nomearem um filho não conhece limites. Para todos os efeitos, dizia chamar-se apenas José. Mas sempre tinha um engraçadinho pronto a gritar: José Kátia! A simples menção do segundo nome tornara-se um sério trauma para ele. O nome da mãe, que herdou como uma maldição, sempre lhe parecera agudo e cortante como a lâmina de um carrasco. Talvez por isso, tenha deixado a velha viúva apodrecer sozinha num barraco da periferia de uma obscura cidade do interior. "Eu mando dinheiro", disse, e partiu.

José Kátia chegou à cidade grande com planos de se tornar corretor imobiliário. E o fez. Em pouco tempo, estabeleceu-se como exímio profissional da área, com créditos de louvor e raro tino comercial. Zilda nunca compreendera a razão pela qual José se negava a deixar a pensão e comprar um bom imóvel num bairro bem localizado e mais aprazível. "Você é como uma mãe para mim. Seu nome é Zilda, lindo nome. Aqui são todos afáveis, tudo é tão bom. Os aromas daqui me agradam. A comida é um encanto, o café da manhã, sem igual. Suas filhas lindas e inacessíveis. Seu marido engraçado. Seus cães e gatos, entes queridos para mim. Teu pomar, uma dádiva, teu varal de roupas limpas, um sonho. Augusto, um lorde, os inquilinos, reservados. Isto não é uma pensão. Isto é o paraíso."

José seguia à risca um rigor disciplinar excepcionalmente pontual. Acordava às 6 em ponto, tomava um banho de 3 minutos e meio, não mais. Aprontava-se com prumo, colônia de barba na medida, ternos sempre impecáveis, gravatas discretas. Descia para o café da manhã precisamente às 6 horas e 13 minutos. Gastava dois minutos com brevíssimos cumprimentos a todos e dava o primeiro gole em sua xícara de café com leite – muito leite, pouco café – às 6:15. Terminava o café às 6:35. Às 6:40 estava no ponto de ônibus. Há 4 anos seguia rigorosamente a mesma rotina, jamais tendo apanhado um táxi. Negava-se a isso com peremptórios argumentos: "Cidadão trabalhador anda de ônibus." Saltava no ponto em frente ao escritório onde trabalhava, no centro da cidade, entre 7:45 e 7:50. Às 8 em ponto achava-se instalado em sua mesa de trabalho, atendendo a telefonemas e fazendo anotações. Seu intervalo para apenas um cafezinho não durava mais do que 3 minutos e ocorria, quase sempre, entre 10:10 e 10:12. Voltava ao trabalho, sem dar muita conversa aos colegas, e só parava às 12:20 para um almoço de 35 minutos contados no relógio. Voltava à sua mesa pontualmente às 13 horas. Fechava os olhos por 5 minutos e retomava o trabalho até o encerramento do expediente, às 17 horas. Arrumava sua mesa com esmero e, quase sempre entre 17:12 e 17:15, voltava ao ponto de ônibus. Por causa do trânsito intenso, o horário de retorno à pensão era a única contingência em seu cronograma diário. Entre 18:45 e 19:10 podia-se contar com o retorno de José Kátia ao seu quarto, conhecido como "o último do grande corredor, à direita", vizinho de porta de Gregório Santos.

Hoje, por exemplo, dia raro, ambos se esbarram no corredor.

– Como vai, Gregório?

– Bem. E você, José, como vai?
– Bem. E você?
– Vou bem, obrigado.
– Muito bem.
– Que bom.
...
– Quer conversar?
– Pra mim tanto faz.
– Como vai seu processo?
– Na mesma.
– Nenhuma novidade?
– Nada.
...
– Não vai perguntar como andam as coisas no meu trabalho?
– Como andam as coisas no trabalho?
– Cada vez melhores.
– Que bom.
– E no seu trabalho?
– A mesma coisa.
– Nenhuma novidade?
– Recebi um telefonema.
– Só um?
– Foi estranho.
– Estranho?
– Estranho. A pessoa do outro lado da linha me convocou para uma sessão, mas não disse o horário.
– Que tipo de sessão?
– A pessoa não disse. Disse apenas "uma sessão".
– ...
– Que horas você acha que deve ser?
– 7 e 15.
– Da manhã ou da noite?
– Da noite, claro.
– Por que não da manhã?

– Claro que é da noite, não está vendo?
– Não precisa ficar nervoso.
– Nunca estive tão calmo.
– ...
– Muito bom falar com você.
– Que bom.
– Preciso de um banho.
– Ok.
– Você vai jantar?
– Não sei.
– Boa noite, Gregório.
– Boa noite, José.

José entra em seu quarto, abre as janelas – sempre do mesmo modo injustificadamente afetado –, despe-se, pendura a roupa no cabideiro e segue para um banho de 3 minutos, não mais. Veste-se. Calça de brim cáqui, camisa branca de manga curta e mocassins escuros. Desce para o jantar. Às 19:30 acha-se diante de seu prato de sopa. Sorve-a com tranquilo desdém e resignação. Imediatamente após o jantar – durante o qual procura evitar comentários desnecessários –, volta ao seu quarto. Ali, entre 20 e 22 horas (às 22 em ponto seus olhos se fecham para uma tranquila noite de sono), faz coisas que nunca ninguém soube ao certo, já que a porta permanece trancada até a manhã seguinte, quando então tudo recomeça de modo surpreendentemente idêntico aos dias anteriores, com pequenas variações que, para José, nada significam.

Numa bela manhã, quinta-feira primaveril, sol agradável, céu de brigadeiro, a porta do quarto de José Kátia permanecera trancada. Zilda estranha a ausência do inquilino à mesa do café. Às 6:40 a dona da pensão sobe as escadas e segue até a porta de seu quarto. Bate com delicadeza. "José, olha a hora. Vai se atrasar." Nada. Pensou: "Deve estar doente." Bate outra vez. "José, está tudo bem? Precisa de alguma coisa?" Nenhuma resposta. Antes de bater pela terceira vez, Zilda ouve um ruído incomum do outro lado da porta, o que a faz desistir de chamá-lo novamente. Pensa: "Melhor não incomodá-lo. Deve estar indisposto. É um trabalhador dedicado, sabe o que faz. De mais a mais, com tudo o que já fez pela empresa, tem crédito de sobra pra se ausentar sem maiores problemas". Às 9:30 da manhã Zilda sente uma espécie de calafrio. A pensão está em polvorosa. Todos conjecturam o que seria capaz de impedir José de cumprir sua indefectível rotina. Discretamente, ela sobe as escadas e segue até a porta do quarto do inquilino. "José, querido. O que aconteceu? Estamos preocupados. Você está doente? Diga alguma coisa, por favor." Num sussurro abafado e pouco articulado, a dona da pensão ouve do outro lado da porta: "Me deixe em paz. Está tudo bem." Novamente um calafrio atravessa Zilda, desta vez acompanhado de uma nítida sensação de mau pressentimento. "A voz", pensa, "não parece a dele." Depois pondera: "Bobagem. Constipação e cansaço." Depois do jantar, uma comissão de inquilinos se reúne à porta do quarto para tentar desvendar o que já consideram um intrigante mistério. Batem à porta, chamam. Silêncio sepulcral.

Passava das 22 quando, com a anuência de Zilda, decidiram arrombar a porta. Dentro do quarto, tudo na mais perfeita ordem, apenas a cama desfeita. A janela aberta, cortinas fechadas. No banheiro, nenhum vestígio do inquilino. Ao atirar-se, desconsolada, sobre a cama de José, Zilda constata ter sentado sobre um papel. Levanta-se e, ao se voltar, deixa escapar um grito de pavor. Sobre uma folha branca de papel, uma barata agonizante, as perninhas para o ar em frenéticos movimentos. Grafado no papel, em tremidas letras garrafais: **ISTO NÃO É UM PLÁGIO**.

Ninguém soube o que aconteceu a José Kátia. A polícia desconfia que ele tenha apenas imitado Gregório Santos, dado como desaparecido três semanas antes. A angústia da influência o teria levado a copiar seu vizinho de porta. "Entretanto", admite o próprio investigador do caso, "nada se compara a uma folha branca de papel sobre a qual agoniza uma barata, as perninhas para o ar em frenéticos movimentos, onde se lê, em tremidas letras garrafais: **ISTO NÃO É UM PLÁGIO**. Nada se compara a isso."

5

Zilda desperta de sua sesta com a falação de Ana Bella, que acabara de chegar. Domingo é dia de visita.

6

O Rio e Augusto:

– Teme estar desperdiçando sua vida?

– É provável. Não sei se terei outra.

– Arrepende-se do que fez? Ou do que deixou de fazer?

– O que fiz não foi muito.

– Teme a solidão?

– A solidão é nauseante às vezes. Às vezes é bom estar só.

– O que mais gosta de fazer quando está só?

– Inventar destinos. Olhar as pessoas na rua, como se as fotografasse, e perguntar "o que será daquela moça daqui a 30 anos?"

– Não se preocupa com o próprio destino?

– Sou um fraco. Os fracos precisam encontrar maneiras de deixar o destino operar sem obstruções. Não há como negociar com o destino. Não para mim, em todo o caso.

– E se o destino for uma sucessão de acasos e isto o levar a um lugar ruim? Ou a lugar nenhum?

– Aceitarei com resignação.

– Prefere depender da sorte?

– ...

– E se disser que é possível negociar com qualquer coisa, inclusive com o destino?

...

– O que quer que eu faça?

– Não respondo a perguntas.

– ...

– O que acha de sua vida agora?

– Não posso reclamar.

– Não?

– Não posso reclamar.

– Uma vida irrefletida não vale a pena ser vivida.

– Só o que faço é refletir sobre a vida.
– Sobre sua vida?
– ...
– Você se desespera?
– Não ouvi.
– Você se desespera?
– Constantemente.
– Como suporta a dor?
– Apesar de tudo, sou homem esforçado.
– Você se esforça para não se lamentar?
– Me esforço para aceitar as coisas como são.
– E aceita?
– Diria que sim.
– Diria que sim ou aceita?
– ...
– E se o Destino escolhesse te fazer sofrer de forma intolerável?
– Me esforçaria para tolerar.
– E se não conseguisse?
– Não toleraria.
– Neste caso, o que faria?
– Sofreria em silêncio.
– Não pediria socorro?
– Talvez.
– Crê que alguém possa ajudá-lo?
– Talvez.
– E se dissesse que ninguém pode ajudá-lo?
– ...
– Que só você pode se ajudar?
– ...
– E que isto não é fácil?
– ...
– E que viver é estar sozinho com sua dor?

7

Curioso como nos tornamos tanto mais excitáveis na medida em que tudo desmorona lentamente a nossa frente. Na medida em que perdemos, uma a uma, frágeis esperanças. Quando então finalmente admitimos, aterrados, que qualquer boa perspectiva depende apenas de nós mesmos e do acaso. No acaso mal é possível confiar, ninguém em sã consciência apostaria suas fichas na contingência. Resta-nos apostar em nossa instável autoconfiança, o que, sem dúvida, é melhor que nada. Mas eis o problema: autoconfiança, sentimento perigoso e, no mais das vezes, cegante, não é o bastante. Por exclusão, resta-nos, talvez, a oração, a devoção incondicional a alguma coisa que possa nos colocar em acordo com o mundo.

Zilda caminha devagar até a sala, suspensa por tais pensamentos. Ao avistar Ana Bella, que não vê há algum tempo, volta ao chão. Sua filha emagreceu, está lamentavelmente seca. Na ânsia de estar em forma, perdeu as formas, seu único encanto. No fundo de seus olhos brilha o desespero, quase um surdo pedido de socorro. Ela tagarela sem parar com Ana Lívia, exibe-se a alguns hóspedes que estão por ali e parece fingir não notar a presença da mãe.

— O cara fica se roçando em mim na fila do banco. E ainda faz declarações. Nojo. Se fosse um homem. Mas sabe um desses de meia idade que acha que ainda está no páreo? Cavalo velho. E manco ainda por cima.

Ana Lívia deixa escapar sua risada. Os hóspedes se agitam. Bella subitamente baixa a voz e sussurra à caçula:

— Mas olha. O volume dele era uma coisa. Extra longo.

Ana Lívia arregala os olhos, reprime a gargalhada e olha na direção de Zilda, parada na soleira da porta. Ainda com um resto de riso no rosto, Bella se volta e vê a mãe.

— Cavalo velho?

— Tudo bem, mãe?

— Manco?

— Eu liguei pra senhora a semana toda.

— Extra longo?

– ...
– E você deixou escapar o homem da sua vida?
– Mãe!
– Vai mentir pra mamãe que não gostou?
– Andou bebendo de novo?

Ana Lívia faz sinal para os hóspedes, que se dispersam em silêncio. Pálida de constrangimento, Bella enche um copo de água e toma-o de uma só vez. Zilda vai até o fogão, apanha o bule, serve um fundinho de café num copo, vira num gole, faz cara feia, passa a mão na boca. A caçula permanece por ali, a ver se consegue evitar a peleja entre mãe e filha. Ambas encaram-na. Ela não arreda pé.

"Nem adianta. Não saio daqui."
– Vá atrás do Augusto. Ele já devia ter voltado.
"Ele é bem grandinho. Não precisa de babá."
Bella lança um olhar significativo à irmã:
– Maninha, arruma o que fazer. Deixa a gente conversar.
"Podem conversar à vontade. Eu fico."
Frente à inabalável teimosia de Ana Lívia não há o que fazer.
– Eu liguei pra senhora a semana toda.
– Já ouvi isso.
– Muito ocupada, sem tempo pra nada. Esse trabalho me mata.
– Não reclama.
– Cambada de ladrões.
– Esperava o quê? Um bando de anjos?
– Um mínimo de decência. E de reconhecimento.
– De quê?
– Do meu trabalho. De tudo que eu faço por aquela agência.
– Você tem se alimentado direito?
– Eu lá tenho tempo pra isso?
– O que faz quando não tá enfiada naquele banco?
– Eu malho. Malho e...
– E corre atrás de homem. Toda noite, que eu sei.
– E o que a senhora?...

— Você está esquelética. Pele e osso. Um zumbi de filme de terror. Se eu fosse homem, teria pena de você.

— A senhora é uma velha triste.

Ana Lívia põe-se a gesticular, como quem quer apagar um incêndio. A conversa prossegue e, apesar dos insultos de parte a parte, ambas mantêm um cínico tom cordial.

— A velha triste aqui não precisava correr atrás de homem feito uma meretriz.

— Meretriz? Existe essa palavra ainda?

— Hoje se diz puta.

— O que quer que eu faça? Que fique em casa esperando?

— Que tenha modos. Homem nenhum se interessa pelo seu repertório de vulgaridades. E quero que entenda, de uma vez por todas, que você não é bonita. E que por isso precisa ser gostosa. Ter curvas e carnes onde um macho possa se agarrar. Onde você espera chegar com essa cara de medusa e este corpo de campo de concentração?

Ana Lívia deixa escapar uma risadinha. Bella a fulmina.

— Pode ficar à vontade pra me insultar, a casa é sua.

— Pois é, a casa é minha.

— Venho visitar minha mãe e sou tratada como uma...

— Dediquei minha vida a fazer de vocês pessoas dignas, decentes. Adiantou de nada.

— Sabe, mãe. Nessas alturas da vida a senhora devia parar de querer controlar tudo. E parar de se culpar. Suas filhas cresceram, estão livres no mundo.

— A vida é brutal. Vai esmagar vocês.

— A senhora precisa é de um bom terapeuta, nunca é tarde. Aliás, deixa eu me adiantar. Tou em cima da hora da minha sessão.

Ana Bella apanha sua bolsa e sai. Zilda senta-se pesadamente.

— Isso, vai, corre pra sua terapia. Essa aí deve estar deixando de comer pra pagar o terapeuta. Queria ser uma mosca pra saber o que ela diz a ele. Coitado.

Ana Lívia esboça um gesto de descontentamento. Zilda a encara.

– Que que é? Que que tá aí se coçando? Vá cuidar de seu filho. Ele agora deu pra se meter com a gata suja do vizinho. O infeliz deixa ela solta, depois vem reclamar.

8

No centro da cidade fica o consultório do terapeuta de Ana Bella. Mais precisamente numa pequena travessa paralela à Avenida dos Antúrios. Ele atende no segundo andar de uma dessas edificações centenárias, tombada pelo patrimônio histórico. Bella sobe dois lances de uma escada cujos degraus têm pelo menos 10 centímetros a mais do que o padrão. Chega à porta do consultório ofegante. Consulta o relógio. Decide esperar ali até retomar o fôlego. O terapeuta abre a porta, o que a faz sobressaltar.
– Susto!
– Desculpe. Ouvi seus passos.

Ela entra, joga sua bolsa num velho e amplo sofá de couro, corre até o banheiro, faz xixi, lava-se, sai do banheiro, toma água, atira-se no sofá, dá um sorrisinho sem graça.
– Ufa.
– Cansou?
– Não, é divertido.
– É?
– Muito.
– Tanto assim?
– Nem tanto.

E desata a rir. Sua risada atravessa o terapeuta, que deixa escapar uma ligeira expressão de desagrado.
– Minha risada incomoda você?
– Por que incomodaria?
– Você fez careta.
– Fiz?
– ...
– E então? Como foi sua semana?
– Uma merda.

Silêncio. Bella rememora os últimos dias. Em sua expressão torna-se nítida a sensação de incômodo, típica dos que buscam algum sentido para uma recente sucessão de eventos. Aconteceu alguma coisa que mereça ser dita? Nada. Vida de sempre. Contudo, é preciso dizer algo. Algo que faça sentido. Ou cujo sentido não tenha sido apreendido. Mas o quê? Merda. Disse que minha semana foi uma merda. Agora tenho que dizer o porquê.

– Briguei com minha mãe antes de vir pra cá.

– ...

– Turrona desgraçada.

...

– Você não?

– Me diz você. Sou?

– ...

– Você me acha turrona?

– Ana...

– Sim ou não?

– Prefiro que você tente...

– Sim ou não, sem voltinhas.

– É que não se trata de...

– Sou ou não sou turrona?!

– ...

– Fala!

– Ana, vamos começar de novo?

– Me chama de Bella. Já te pedi isso.

– Ok, Bella, você...

– Não tenho nada a dizer.

Passam-se 45 minutos. Bella não abre a boca.

Levanta-se displicentemente, apanha sua bolsa e sai.

O terapeuta acende um cigarro.

9

Augusto ainda não voltou da rua. Zilda preocupada. Em seu rosto submergem rugas específicas, das que só aparecem em momentos de grande apreensão. Seu pressentimento não é dos melhores. Para ser franco, seu pressentimento é ruim. Pensando bem, é um péssimo pressentimento. Daqueles que, quando vêm, arrastam tudo, como a torrente de um tsunami. Zilda estremece ao se lembrar de que, há alguns dias, ao espiar o telejornal enquanto esperava sua novela, assistiu horrorizada aos efeitos devastadores de uma onda de 800 km de extensão no litoral do Japão. A espuma negra revirando carros e casas. O desespero dos habitantes. Os gritos. São tantos mortos, não deveríamos parar de rezar. Augusto já devia estar aqui. Alguém tem que subir com Agenor, sozinha não posso. Por que diabos o cretino não liga, não dá notícias, me deixa aqui sozinha neste mausoléu sem saber o que fazer?

10

Aflita, Zilda decide fazer uma torta. Não entende por que Augusto insiste em não usar um celular. Memórias boas e remotas atravessam seus afazeres, enquanto uma familiar torta de palmito vai sendo preparada no silêncio da grande pensão.

Ao retirar a torta do forno, atiro-me sobre minha cadeira. Sim, tenho uma cadeira na cozinha. Minha cadeira. Nela ninguém ousa sentar. Ninguém ousa tocá-la. Um objeto exclusivo este no qual estou sentada agora. E é nesta posição, diante de uma torta recém assada, onde recebo a notícia. Vejo Mateus se aproximar, pensionista que adotei há alguns anos, órfão miserável que rastejava entre os bueiros de minha rua.

– Dona Zilda, dona Zilda!

– ...

– O Augusto. O Augusto!

Vontade de acender um cigarro. Estranho, nunca fumei.

– O mulato tá sendo resgatado pelos bombeiros!

Eu ainda pequena, mamãe dizia: "Seja dura, menina, com tudo e com todos. Não fique rindo feito boba, mas cultive compaixões".

– Tá mortinho no fundo do canal, a cabeça dele parece uma melancia podre. A polícia tá dizendo que ele se jogou de propósito.

– ...

– Dona Zilda.

– ...

– Credo, senhora tá parecendo um defunto.

11

Necrotério. Preciso fazer o reconhecimento do corpo do meu irmão de criação. O cadáver estendido numa maca. A sala é ampla e cheira a formol. A sala é clara e há outros corpos por ali, cobertos. A sala é um nada rodeado de vidros e equipamentos de metal fosco. Há uma cadeira ao lado da maca onde repousa o corpo de Augusto. Os hematomas na cabeça e no rosto fazem-no parecer um personagem histórico. Sua expressão é estranhamente tranquila. As janelas estão quase todas fechadas. Estou sozinha e sinto medo de me aproximar daquilo. Há um vazio enorme bem no meio do meu peito. Um vazio que corrompe e esclarece. Um vazio que me persegue como uma sombra.

Agora ela chora. Não há lágrimas. Drama seco. Quer apenas cair fora o quanto antes. Pensa no velório, nos preparativos, sente enorme cansaço. A morte nos ocupa. Toma tanto espaço que não temos onde cair mortos. Inveja dos mortos. Não bastasse, preciso enterrar o desgraçado. Até um traidor merece isso. Pode me abandonar, não me importo. Tanto abandono, um a mais, nenhuma diferença. Não invejo sua morte no fundo de um canal de esgoto, meu nego. Se foi você quem quis, quem sou eu pra te amaldiçoar. Covarde filho da puta. Não vou orar por você. Vou ficar aqui, olhando sua cabeça amassada. Vou ficar aqui, pensando que um filho abandonado tem todo direito de abandonar. Apesar disso, nenhuma vontade de te perdoar.

Barulhos no corredor. Entra um enfermeiro. Não, entra um médico legista. Zilda não o vê, apenas ouve sua voz.

– Precisamos dar baixa no óbito antes das dez da noite. A senhora reconhece o corpo?

– Não.

...
– Parente da senhora?
– Não.
...
– Me disseram que é seu irmão...
– Não.
...
– A senhora tem certeza?
– ...
– Se não tem, a gente vai ter que...
– Tudo que sei é que é um bastardo que morou na minha pensão durante algum tempo.
– Sabe com quem a gente pode fazer contato pra...
– Nunca vi nenhum parente. Não posso ajudar. Desculpe.

12

Ana Lívia não suporta ver a mãe impotente. Apesar disso, a caçula faz tudo o que é preciso: reconhece o corpo, chora, sente medo, aversão, tristeza, organiza o velório, paga as despesas, despe o falecido, dá banho no falecido, veste-o, recebe as flores, os poucos convidados...

Augusto é velado na própria pensão, na sala de visitas. Cerimônia breve e simples, com o caixão fechado. Zilda ainda não desceu. Agenor tagarela com alguns pensionistas, enquanto mastiga salgadinhos sem parar. O pequeno Ângelo, livre dos olhares da mãe – que se acha ocupada servindo comes e bebes aos presentes –, acompanha tudo a distância, com medo de se aproximar do caixão. Pela janela, o menino vê a gata amarela. Ela o observa com avidez, esgueira-se pelo vão de uma pequena abertura e coloca a cabeça para dentro.

– Quem morreu?
– O Augusto.
– O mulato invocado?
– Ele era meu amigo.

— ...

— Muito meu amigo. Ele era.

— E morreu de quê?

— Não sei. Caiu no canal do rio.

— Naquele esgoto escroto?

— Quê?

— Como que ele caiu ali? Bêbado?

— Ele não caiu. A polícia disse que ele se jogou. De propósito.

— Pra quê?

— Sei lá, tava triste.

— ...

— O que você faz quando fica triste?

— Eu não fico triste.

— É normal ficar triste. Todo mundo fica triste. Quando eu fico triste, eu desenho.

— Desenha o quê?

— Passarinhos, árvores. Daí eu não fico mais triste.

— ...

— E você? Quando você fica triste você faz o que pra você não ficar mais triste?

— Menino, presta atenção. Sou uma gata cujo dono é um infeliz. Por que haveria de ficar triste?

— Não entendi.

— É claro que você não entendeu.

— Mentira que você não fica triste. Ontem eu te vi debaixo da mangueira com cara de triste.

— Eu estava meditando.

— O quê?

— Meditando.

— Que que é meditandores?

— Você me cansa um pouco, sabia?

— Meditandores?

— MEDITANDO.

— Que que é isso?

– É quando a gente fecha os olhos e descansa sem dormir.
– Fica pensando?
– É, pode ser.
– No quê?
– Em nada demais. É só deixar os pensamentos passarem sem dar importância a nenhum deles.
– Pra quê?
– Pra se livrar deles.
– De quem?
– Dos pensamentos.
– Pra quê?
– Ah céus. Pra restaurar o sistema nervoso.
– Deve ser difícil isso. Eu sempre tou pensando em alguma coisa.
– E aposto que quase sempre em bobagens.
– Nem sempre.
– É? Então diz aí um pensamento bacana que você teve.
– Ah.
– Tá vendo? Não pensa em nada que preste.
– Outro dia eu pensei que se a gente reclamasse menos o mundo ia ser pra gente como uma flor gigante onde a gente podia morar se a gente quisesse.

13

Quando ele chegou senti cheiro de afeto. Manhã ensolarada de sexta-feira. Sempre tive problemas com as manhãs de sexta-feira, mas quando ele chegou senti pela primeira vez o prazer de experimentar uma manhã ensolarada de sexta-feira. Ouvi sua voz antes de vê-lo. Suave e penetrante, com um timbre não sei se de esperteza ou de certa hesitação. Na hora pressenti a alegria a felicidade e o prazer de querer bem a alguém. Disse que estava vindo do interior e que queria se hospedar por um tempo. Disse que estávamos lotados. Encarou-me e disse que ficaria em qualquer canto. Disse que não abrigávamos hóspedes em qualquer canto e que ele devia procurar outra pensão. Não vou procurar outra pensão, disse. E se calou. Fiquei um tanto excitada com o desprendimento e o suave atrevimento dele. Toma alguma coisa? Água sem gelo. Almoça com a gente? Isso é cheiro de rabada? Com batatas e agrião. Pode pôr mais um prato na mesa, meu nome é Ângelo.

Durante o almoço falou muito pouco, o que naturalmente atiçou a curiosidade de minhas filhas e a desconfiança rabugenta de Agenor. Os demais hóspedes o ignoraram. Ângelo sustentava a expressão de quem não é daqui ou de quem não se importa ou de quem se importa, mas com coisas que não são da conta de ninguém ou que de toda maneira não interessariam a ninguém ou ninguém compreenderia. O interessante é que isso não o deixava com ar de superioridade. Era apenas o ar de quem pode se dar ao prazer de ser aparentemente calmo e transparente. Acho que os outros ficavam um tanto incomodados com a presença dele porque, ao encará-lo, viam somente o reflexo deles mesmos. Eu não me mostrava incomodada ao encará-lo e o encarava constantemente. E o que via não era meu reflexo, mas uma espécie de outro destino meu. Outro destino que me aguardava em silêncio, secretamente. O mais curioso é que ele parecia saber disso. Ao menos parecia saber que eu sabia o que ele queria.

Impressão minha ou toda vez que o encarava ele esboçava um meio sorriso?

14

Disse que queria construir uma obra difícil. Perguntei a ele se era artista. Disse que não, não sou artista e preciso construir uma obra difícil. Perguntei o que queria dizer com isso, ao que me respondeu, com uma careta, somos apenas metade sem nossa expressão e nossa expressão é uma obra e a obra difícil é a que mais se aproxima da imagem de nossa alma. Disse a ele que não estava entendendo. Explicou-me que antes de nascer escolhemos uma imagem, aquela sem a qual não podemos viver e sem a expressão da qual teremos desperdiçado nossa vida. Perguntei que espécie de imagem era essa. Aborrecido, deixou escapar certa impaciência em seu modo de falar e me explicou é difícil explicar, pois ainda não sei qual é a minha imagem. E sorriu. Eu disse vejo um homem grande, de coração grande, cabeça grande e grandes planos, olhos claros, fala lenta, movimentos cautelosos e mãos pequenas. Ele sorriu novamente. Mas isso eu poderia ver no espelho, se tivesse coragem. Então veja, eu disse. Com receio no olhar, me disse que não se olhava em espelhos, nem se deixava fotografar. Achei graça e quis saber a razão. Ele fez silêncio. Depois disse não posso dizer, desde muito pequeno não me olho em espelhos nem em qualquer coisa que possa me refletir, nem permito que me fotografem ou me desenhem. Achei graça e perguntei então você nunca se viu. Muitas vezes, ele disse.

15

Sujeito pensa que construir uma obra é simples questão de decisão. A obra, seja de que natureza for, desde fazer uma cadeira até edificar uma catedral, é coisa infinitamente difícil. Construir é concentrar-se em outra coisa, sair do corpo e desconsiderar as próprias necessidades. Construção é sacrifício. Todo sacrifício é sagrado, ele disse.

16

– Construir sem planejar? É como querer fazer a cadeira sem preparo e medições ou edificar a catedral sem cálculos e planta baixa. É mais espinhoso planejar do que construir. Planejar é a alma do negócio. Construir é executar os eflúvios, o espírito da alma, o que também pode ser uma descida ao inferno. E se algo insistir em não responder ao plano, recorre-se a intuições e improvisos. Pois aí estaremos com Deus. Deus é isto, nada além de um plano improvisado. E se você não tem um plano sobre o qual possa improvisar, é mais provável que seja abandonado ao acaso. O acaso tem fôlego curto, costuma trapacear e quase sempre acaba num beco sem saída. Acasos são bússolas cujas baterias acabam depressa. Custa nada ter um plano, ainda que seja para descartá-lo.

Ele dizia coisas assim, depois ficava em silêncio, pensando. Fazia o mistério parecer bonito. Eu custava a entendê-lo.

– Entender esgota. E não leva a lugar nenhum. Tente aceitar o fato de que não é possível entender tudo o que queremos ou achamos que podemos entender.

Tão natural o modo dele de dizer essas coisas.

17

Era sábado de manhã e eu estava exultante. Tão plena que ainda hoje cultivo a nítida sensação de ter ficado para sempre presa naquele dia. Se isto fosse possível, suspender um instante por mais do que um instante, minha vida tomaria rumos diferentes, seguiria por outros caminhos, menos áridos, menos carentes de sentido. E ainda que outras dores e desertos surgissem, não seriam como estes. Neste caso, – muito funda a sensação – tudo seria talvez menos inaceitável.

Se me perguntassem "está bom esse destino pra você", prontamente responderia "não, não está, estou desapontada."

Ângelo me ajuda na cozinha. Assamos um cordeiro. Ele prepara com zelo o molho de hortelã. Decidiu raspar a cabeça na noite anterior. Sua testa brilha ao sol. Conversamos animadamente enquanto bebericamos a boa cachaça que ganhei do vizinho. As meninas não estão em casa. Na noite anterior fizeram campanha para me convencer a deixá-las dormir na casa de uma amiga. Por sorte conseguiram me dobrar. No andar de cima, Augusto cuida de Agenor, acamado por causa de uma virose. Grande parte dos hóspedes viajou para rever os familiares. Restam eu e Ângelo, juntos na cozinha. Até os bichos da casa deram uma trégua.

Um vento me acaricia suavemente. Nunca me senti tão bonita nem vi a vida em cores tão vivas nem respirei seus ares com tamanho contentamento. Em meio a isso, Ângelo é um deus de transparência. Diz coisas de modo calmo e encantador. Eu o ouço com olhos úmidos de arrebatamento e digo coisas também. Coisas que soam solares. E não somente as coisas que dizemos um ao outro como também nossos movimentos e gestos parecem estar sendo gestados por entidades em festa, entidades que comemoram conosco nosso encontro. E é como se Deus estivesse em nossa cozinha. Como se este fosse o Cordeiro de Deus.

Bebemos e rimos e comemos e conversamos e vivemos uma coisa valiosa que valeria por toda uma vida. No relógio, nada além de algumas horas. No tempo, uma espécie de eternidade. Sua boca aproxima-se da minha, devagar. Não quero que isto acabe, que haja um depois disso, depois desse beijo, que haja palavras depois. Seus dedos pequenos me tocam com a ternura da mãe que segura o filho pela primeira vez. O cheiro de hortelã nele, um pouco de embriaguês, mas na exata medida em que isto nos eleva e em que isto nos entrega, em que isto nos afaga e em que isto nos arremessa. Seus pelos meus cabelos nossas contrações lentas imperceptíveis olhares toques sabores aromas de secreções sagradas comoções e a terra e o cheiro de terra misturado com palavras gráceis rápida vertigem e parece que som de cordas cítaras algo como um descolamento uma prece que parece querer engolir o outro um ser só em evolução no espaço e um sol branco aquecendo as coisas no chão nós cobertos de terra a saliva de terra o gosto dele de pedra morna meu gosto sem gosto sem cheiro sem rosto só uma coisa que cria uma miragem que é de outra natureza mas outra não há o que há somos nós e o mundo foi pelo ralo.

Nunca tão beijada amada sugada usada esquadrinhada nunca tão minuciosamente explorada jamais sonhei sentir o que senti ou que existisse algo vagamente parecido com o prazer que ele só ele pôde naquela tarde encantada me dar.

18

Foi quando vivi. Vivi como quem passeia sobre rodas deslizantes entre paisagens solares e perfumadas. Ângelo, mesmo a distância, era uma espécie de grande saúde a me proteger. Tudo o que eu fazia – acordar, passar um café, qualquer coisa – adquiria o sentido exato. O exato sentido de prazer.

Passeávamos pelo bairro como donos do mundo. Nosso bairro era o mundo. Todos nos olhavam com admiração e carinho e respeito – apesar de saberem que eu era mulher casada – e ninguém ousava ser maledicente ou nos medir com desconfiança ou desprezo.

Um sonho perfeito não seria tão bom.

Até que um dia – pois quase sempre fecham-se precocemente as portas do paraíso – Ângelo desapareceu. Ao me dar conta disso, pensei: "Sim, um sonho apenas." Percorremos, eu e Augusto, hospitais, delegacias de polícia. Até no IML fizemos perguntas. Nada. Sumiço total, como uma mágica macabra.

Exatas sete semanas se passaram.

Ele reapareceu como se tivesse ido à esquina comprar cigarros. Estávamos almoçando. Puxou uma cadeira, sentou-se à mesa e começou a comer. Não disse uma palavra. Todos o olhavam com ares de espanto, mas ele fingia indiferença e devolvia os olhares com expressão de certa arrogância, o que era muito natural nele, apesar de profundamente exasperante para mim.

Os hóspedes terminaram de almoçar e, aos poucos, deixaram a mesa. Encarava-o assombrada, sem saber o que dizer, enquanto ele devorava a sobremesa. Depois da última colherada, disse:

– Os pássaros estão migrando para o sul. Vem mau tempo.

– ...

– Você me olha como se eu fosse um animal raro.

– ...

– Tudo bem por aqui?

– Claro que não.

– ...

– Você é um homem ou um moleque?

– Moleque.

– Quem você pensa que é?

– Não penso sobre isso.

– Sumiu de repente, sem avisar, sem dar notícias.

– Eu lhe devo satisfações, claro.

– Sim, você deve. Corremos atrás de você, pensando no pior.

– Sei me cuidar.

– Se está hospedado aqui, tudo correndo as mil maravilhas... E depois de tudo o que aconteceu entre nós... O que você esperava?

– Precisava de um tempo. Para mim. Pra pensar. Pra não pensar.

– Não te ocorreu pelo menos deixar um bilhete?

– Dizendo o quê?

– Sei lá. Fui viajar.

– Estaria mentindo.

– Dizer a verdade seria o bastante.

– Ah, a verdade.

– Você não consegue pensar em ninguém? Só em você?

– Pois é, é uma doença.

– Queria conseguir entender.

– Você e seu esforço de entender. Se não abandonar essa mania, está condenada. Vai vagar no escuro. O rosto contraído, sujo de lágrimas.

...

– E nós?

– Quê?

– Eu disse: e nós?

Quando ele gargalhou. A risada durou alguns segundos, mas o bastante pra eu sentir a faca penetrando fundo, a dor sem nome.

– Você é o demônio.

– Não, não sou. Mas o conheço bem.

Ele se levanta sem me olhar, segue tranquilamente até seu quarto. Em alguns minutos, passa por mim com sua pequena mala. Deixa a pensão pela porta dos fundos.

19

Anos se passaram sem que ouvíssemos falar de Ângelo. Deixei minhas filhas encarregadas de procurar saber algo sobre ele, qualquer notícia que me trouxesse algum alento. Desconfiava que estivesse por perto.

Até que um dia elas chegaram da rua, excitadas. Trouxeram da feira uma visita, um homem que tinha uma história pra contar.
– Que história?
– Vem, mãe, depressa.
– Quem é?
– Ele disse que viu Ângelo.
Desci o mais rápido que pude, minhas filhas na escolta. Na cozinha, sentado e encurvado sobre uma caneca de café, um homem. Barba e cabelos longos, unhas pretas, sobretudo surrado.
– Pois não.
– Senhora que fez o café?
– O que o senhor quer?
– Vim tomar seu café.
– Me disseram que o senhor tem uma história.
– Me disseram que interessa a senhora.
– Pois conte.
– De graça?
– O café não paga?
– ...
– O senhor conta a história. Depois vejo o quanto vale.
...
– Ele anda por aí em busca de ruínas. Não consegue terminar nada, então acha que a alma dele tá presa em alguma ruína. Coisa de louco, ninguém sabe. O nome dele não sei, dizem que Ângelo é invenção. Mora numa casa grande, herança de um parente. Sortudo. Tá enfiado lá, empenhado numa obra que não consegue terminar. Ninguém nunca viu a tal obra, então deve ser coisa que só interessa a ele.
...

– Encara as pessoas no fundo do olho. Tem gente da área que acha que ele é santo. Ou louco, ninguém sabe. Tem gente que diz que ele quase não come. Que quanto menos comer, mais vai viver –é o que ele diz –pra terminar a obra dele.

...

– Amor, só de putas. Não gosta de companhia.

– E o senhor chegou a conversar com ele?

– Não é de dar conversa. Calado. A boca sempre fechada. Não entra mosquito. Teve uma vez que eu tava vendendo espelhinhos na praça do mercado. Ofereci um pra ele. Me xingou de tudo quanto foi nome feio. Gritou, ficou vermelho. Todo mundo parou pra ver. Ele aproveitou e fez um discurso.

– Discurso?

– É.

– ...

– Só faltou o palanque.

– O que ele disse?

– Bocado de besteira.

– O quê?

– Aí fica mais caro.

– ...

– Pra eu contar, a fatura aumenta.

– ...

– Disse que a vaidade é o veneno da raça, um troço assim. Que todo mundo vai ser condenado pelo espelho. Que um dia nego vai se olhar no espelho e não vai ver nada. Porque a alma vai ter evaporado. O que vai ficar é um corpo. Um corpo sem reflexo, ele disse.

– O senhor acredita nisso?

– Acredito em nada. Desde criança.

– ...

– Era pequeno, olhava as coisas, pensava: tudo mentira, invenção da cabeça. Ou de deus, do demo. A mesma farsa.

– ...

– Tem gente que acha que ele não é daqui.

– ...

– Que veio de outro lugar.
– De outro país?
– Planeta.
– ...
– Olhando assim pra ele, às vezes chego a...
– ...
– Mas no fundo é só um homem. Um homem só.
– ...
– Então? Quanto vale minha história?

Zilda apanha umas moedas e cédulas amassadas num vaso e põe o dinheiro sobre a mesa. O homem puxa o dinheiro com a concha da mão.

20

tudo voa para longe
tudo se transforma
permaneço o mesmo
sempre o mesmo
no mesmo lugar

Encontro estes versos rabiscados num papel, entre minhas coisas. Sei que são dele, mas finjo indiferença.

Algum tempo se passou antes que Ângelo reaparecesse, de surpresa, numa tarde fria de sábado. Estávamos à mesa comendo a sobremesa. Entrou, sorriu e disse tem pão velho na velha fortaleza? Minhas filhas pálidas de encanto. Agenor segue comendo sem tirar a cara do prato. Augusto deixa escapar seu sorriso de canto de boca. Quanto a mim, acho que sorrio também, mas tudo o que me ocorre é o que este sujeito pensa que está fazendo? Ao menos para mim, quase impossível entendê-lo. Não a lógica dele, isto não há em ninguém. O que me enchia de espanto era sua imprevisibilidade. E impenetrabilidade.

Ainda com a cara no prato, Agenor sussurra calmamente: "O artista de merda."

ÂNGELO Não sou artista.
AGENOR Mas é merda.
...
AUGUSTO Ponho mais um prato?
ÂNGELO Já comi, obrigado.
ANA BELLA Senta.
ÂNGELO Tou bem, obrigado.
AGENOR Veio atazanar a vida dos outros?
ÂNGELO Vim rever minha amiga.
AGENOR Ninguém aqui é seu amigo.
ANA BELLA Pai.
AGENOR Quieta. A conversa não chegou no puteiro.
ZILDA Augusto, leva o Agenor lá pra cima.
AGENOR Não rela ni mim!!
...
AGENOR Me passa a goibada, filha.
AUGUSTO Aceita um cafezinho?
ÂNGELO Um café eu aceito.
AGENOR Um café ele aceita.
...
AGENOR Me diz aqui, artista. Cê se acha melhor que os outro? Acha que o mundo se mexe em volta de você? Meu avô tinha mania de dizer, quando alguém fazia besteira: "Cê é só um homem. E bem feio." Devia cavar um buraco e se esconder nele você. Morrer sozinho no buraco. Tatu faz isso quando tá aborrecido. Cava um buraco e se esconde nele até morrer de sufoco. Se o mundo é porcaria, se não tá satisfeito, se viver é um peso, sai fora. Morre. É boa pedida prum sujeito igual você. Ao invés disso, cê sai por aí exibindo sua amargura. Bela bosta. O mundo tá pouco se fodendo pra sua amargura. Não consegue se salvar, vê se pelo menos acha um jeito de ajudar os outros. Tanta gente desesperada nesse cu de mundo e o artista preocupado com suas coisinha. De artista que não sabe o que fazer pra ser artista. De artista que diz que não é artista. De artista que não consegue fazer nada que preste, que não sabe o que quer e fica variando das ideia. Marceneiro faz cadeira. Pedreiro levanta parede. Padeiro faz pão.

Você faz o quê? Reclama da vida. Que o mundo é brutal, que o mundo é cruel, que o mundo é banal, que a gente do mundo é mesquinha, que a gente do mundo é ignorante. Que daí você não cabe nessa vida. Que não nasceu pra isso, que devia ter nascido em outro lugar, em outro tempo. Tudo porque cê acredita que tem sentimento que só você tem. Cê não sabe o que é brutal, não conheceu o cão de perto. Tivesse encarado o cão, ia se ver medo no teu olho. Cê não tem medo no olho. Você tem o quê? Humildade de mentira. Sei bem o que tem por trás dessa humildade.

ÂNGELO Pavor de verdade.

AGENOR Meu cu. Tem é soberba. Pavor? O teu tá guardado, precisa cultivar não. Isso vai ser mandado procê. Pode tar na China, escondido, que a encomenda chega. Se engana não. Único jeito de enfrentar a vida é encarar ela no olho. E nessa hora só tenho um conselho pra te dar, artista: tenha medo.

ÂNGELO Medo não cura a dor.

AGENOR Não sabe o que é dor também, não sabe nada, ninguém sabe. Não aguenta, foge dela feito cavalo assustado. A dor cura, mas você... Tem cura não. Covarde perdido no caminho. Faz anos mofo nessa cadeira. Já pensei em dar cabo de mim. Só de pensar, fiquei uma porção de noite sem dormir. Nem coragem pra isso você tem. Ou tem?

— ...

AGENOR Qual é sua maior coragem, artista?

— ...

AGENOR Hum? Hein?

ÂNGELO Seguir em frente, seja lá o que aconteça. Seja lá o que digam, seja lá o que caia, seja lá o que morra. Seja lá o que reste.

AGENOR Acha que resposta bonita vai te salvar?

— ...

AGENOR Hein? Cê acha o quê?

ÂNGELO Nada.

AGENOR Olha aí a soberba.

ÂNGELO Tenho que achar alguma coisa?

AGENOR Tem.

ÂNGELO Opinião é capricho.

AGENOR Olha aí a opinião.

ÂNGELO Opinião é cu. Todo mundo tem um, mas ninguém é obrigado a dar.
AGENOR Acha que piadinha vai te salvar?
ÂNGELO Por que se preocupa comigo? Ocupe-se com você.
AGENOR Já tou condenado, artista.
ÂNGELO Não sou artista.

Durante o diálogo ninguém esboça qualquer reação. Sou acometida pela nítida sensação de que somente os dois se ouvem. Augusto – que já havia se retirado no começo da conversa – irrompe no refeitório cantando a plenos pulmões uma canção festiva, numa língua estranha. Ele canta e dança com desenvoltura, causando estrepitosa gargalhada dos hóspedes. Ângelo e minhas filhas aplaudem efusivamente. Augusto sobe numa cadeira, gesticula, se contorce. Agenor esbraveja, ninguém lhe dá ouvidos. Aos poucos a cena adquire a atmosfera de um festim diabólico. Todos pulam e riem e dançam e gritam. E, súbito, sinto como se algo terrível estivesse pra acontecer. Saio correndo do refeitório e me tranco no banheiro. Ao olhar-me no espelho, não vejo meu reflexo. Volto ao refeitório, o coração aos pulos. Em torno de Ângelo brilha uma luz forte. Os demais seguem rindo e dançando e gritando ao redor dele.
Permaneço muda.

Até hoje me pergunto se isso de fato aconteceu.

21

A partir de então Ângelo tornara-se presença mais ou menos constante na pensão. Vez que outra aparecia de surpresa pra saber das novidades. Nossas rixas afetivas foram deixadas de lado. No lugar disso, uma terna e leal amizade se estabeleceu entre nós, de modo a converter nosso caso de amor em algo digno apenas de nossas boas lembranças. Afetos florescem com viço e vigor na amizade. Amor é campo minado, onde afeições se tornam afecções, depois aberrações. Vícios, maus hábitos, posses, ciúme. Ao alcançarmos a sólida amizade, isso tudo cai por terra, cinzas insensatas, e passamos a valorizar o que o outro tem a nos oferecer simplesmente. E aprendemos a aceitar no outro o que antes rejeitávamos sem concessões.

Uma bela mágica a amizade.

22

Agora sim. Queria chegar aqui. Para relatar o definitivo desaparecimento de Ângelo. Foi um choque. Algo absurdo, estúpido, descabido. Algo que me faz enjoar toda vez que me recordo.

Estávamos, eu mais Augusto, varrendo as folhas na varanda quando fomos surpreendidos por uma saraivada de gritos da molecada. Claro que fiquei gelada, sempre fico. Augusto ignorou, até porque isso era comum na vizinhança. Tentei aderir à indiferença dele, mas antes que a notícia nos alcançasse, comecei a tremer. Augusto parou de varrer e foi até a calçada. Um dos meninos passou correndo, gritando: "A casa de Ângelo! Fogo! Fogo!"

Não
Não ao legado de nossa miséria
Por demais irresponsável descarregar algo ou alguém num cerco abarrotado, saturado de grandes feitos e futuros
Ausente de presentes
Pobre de matéria de espírito
Meu genitor trabalhou a vida toda e não chegou a lugar algum
No fim queria apenas morrer
Quando perguntaram se não sentiria falta de sua família, disse:
"Saudade? Só do meu cachorro."
E morreu dormindo
Não que haja justiça divina

Pura sorte
  Morreu de ronco
  Apneia do sono
Havia sangue em sua boca
  Um de seus pés pendia para fora da cama
No velório estava lívido, aliviado
  Uns dizem que se estamos vivos devemos seguir vivendo
Outros creem que nada pode nos impedir de desistir da vida
  Nem uma coisa nem outra faz sentido
Nenhum sentido nos convence ou nos comove
  Nada mobiliza nossos corações
Seguimos em frente por instinto de sobrevivência
  por falta de opção
  E por medo
  Sim, o medo é nosso barco em meio à tormenta
Sem medo já teríamos desaparecido desses desertos

Escreveu isto com carvão nas paredes de sua casa. E simplesmente sumiu sem deixar vestígios.

23

Corremos para a casa dele. Em frente ao velho sobrado, bombeiros, polícia, basbaques, confusão. Abrimos caminho entre curiosos e destroços em brasa. Um bombeiro impediu nossa passagem. Calmamente, Augusto quis saber:

– O Ângelo está bem?
– Não encontramos ninguém na casa.
– E o gato?
– Que gato?

Entro na conversa:

– Onde está o dono da casa? Ele está bem?
– Não encontramos ninguém na casa, senhora.
– Já descobriram o que causou o incêndio?
– Minha senhora, vocês estão atrapalhando. Façam o favor de se afastar! Todos um passo atrás, por favor! Ainda não controlamos a situação! Vocês estão se colocando em risco! Por favor, todos para trás!

Permanecemos ali, do outro lado da rua. A casa se transformara numa ruína negra, de onde emanava em profusão a espessa fumaça branca. Augusto conversa com alguns conhecidos enquanto tento achar o gato. Espreito sem parar entre os curiosos. De repente, diviso a sombra de uma coisa acinzentada e peluda sob as pernas de alguém. Vagarosamente, o bichano vem em minha direção, sem despregar os grandes olhos de mim. Vem, acomoda-se lentamente ao meu lado e passa a encarar o que resta da grande casa em brasa.

– Ele gostava de você. E não era de gostar de gente.
– Você viu o que aconteceu?
– Saí correndo e me escondi no vizinho.
– E não viu Ângelo?
– Não.
– Como não viu?
– Não vendo.
– Mas...
– ...
– Você vê tudo.
– Nem tudo.
– Você deve ter visto...
– A senhora está...
– ...alguma coisa!
– ...nervosa?
...
– Estranho. Não consigo sair daqui.
– Desculpe, não posso ajudar.
– Eu pedi sua ajuda?

– ...
– Você é só um gato que fala.
– Uow. Pegou pesado.
...
– Por favor, me diz o que aconteceu?
– Ângelo nem gente era. Era uma projeção holográfica de informações perdidas nos confins do universo.
...
– O que ele fazia o dia todo?
– Nunca me envolvi nos assuntos dele. E se o fazia, era por puro interesse. Ou por tédio.
– ...
– Não sei que fim levou seu amigo. Sei pouco demais sobre ele.
– E que pouco é esse?
– Ok. Não sou macaco gordo, mas vou quebrar seu galho.
– ...
– Vamos supor que ele tenha morrido. Serve pra você? Acho mais interessante versar sobre um morto. Vivos não me interessam. Não há humanidade capaz de tornar alguém vivo realmente interessante. A humanidade apenas rebaixa o caráter. Torna-o fraco, contraditório, pusilânime, ambicioso. Há quem diga que isto é encantador, o fato de o homem ser exatamente o que é: um poço inesgotável de concupiscência. A ansiedade humana me faz cócegas. O homem? Apenas um escravo de seus mais baixos instintos. Já um morto... O morto não tem desejos. E ainda que se fale sobre os desejos de um morto, há nisto mais dignidade do que versar sobre as aspirações de um vivo. Por uma razão razoável: os desejos de um morto são sagrados, pois jamais serão realizados. Ou, no máximo, foram parcialmente realizados. O que dizer, no entanto, dos anseios de um vivo? Não passam de sonhos alquebrados, se muito. Nosso herói morto tem a glória de ter desejado a ruína, síntese máxima de um projeto de desejo. Se, todavia, estivesse vivo, o que seria isto? O que seria, no caso de um herói vivo, ansiar por ruínas? O mesmo que dizer que ele cultiva a dissolução do desejo, a decomposição do desejo em suas partes constituintes, como um cientista decompõe o átomo para ver do que é feito e sempre

encontra partes cada vez menores, sempre divisíveis. De outro lado, com nosso personagem morto podemos inferir que o que ele queria, no fundo, era apenas o fim do desejo. E veja que, para um morto, isto é totalmente plausível, já que seus desejos são enterrados na mesma cova. Já para um vivo, ansiar pelo fim do desejo soa irrisório, risível, fútil, covarde. Não há atestado de ambição e pavor mais frívolo do que ansiar pelo fim dos próprios desejos. Para um morto, uma realidade irrefutável. Para um vivo, a estúpida utopia.

– ...

– Por isso, se me permite, falarei sobre Ângelo morto. Serve pra você?

– ...

– A grande falha dele foi a farra do desperdício. O artista desperdiçou boa parte da vida em vãs tentativas de deixar de ser, o que, convenhamos, é a suprema insensatez. Nunca aceitou a vida com a cara limpa, o coração aberto, a alma pura; com as mãos prontas para trabalhar e os pés limpos para caminhar. Quem sabe, assim, aquilo que considerava carente de sentidos – a saber, a própria vida –, como numa mágica, recuperaria um sentido possível. Teimoso, insistiu em esvaziar a vida. E conseguiu. Sua jornada terminou num buraco escuro e frio, sem encanto ou esperança. Se era isso o que queria, devemos considerá-lo um mártir de sucesso. O sacrifício de Ângelo. Tudo para demonstrar que a vida – a dele, a dos outros – não vale a pena ser vivida.

– ...

24

No dia seguinte ao enterro de Augusto, Zilda se tranca num dos quartos da pensão. Mais precisamente no último do grande corredor, à direita. Os hóspedes não conseguem esconder seus receios, pois a dona da pensão se nega, com peremptórios argumentos, a deixar o que chama de "exílio doméstico voluntário". E, apesar dos constantes apelos de sua caçula, mostra-se irredutível.

Ao cabo de uma semana, desesperada ao ver-se sozinha frente à tarefa de cuidar da pensão, das finanças, dos hóspedes, de seu filho e, não bastasse, do pai – mais rabugento do que nunca –, Ana Lívia decide ter com a mãe uma conversa franca. Após quase derrubar a porta de tanto espancá-la, começa a enfiar bilhetes por debaixo da mesma:

Não posso cuidar de tudo sozinha. A senhora tem que me ajudar!

Zilda apenas sussurra pelas frestas. Sua voz parece estranhamente alterada:

– Aprenda a ser gente, menina. Não vou sair daqui tão cedo.

Outro bilhete:

Se a senhora não sair, paro de trazer comida!

– Não se atreva. Te alimentei a vida toda. Cuide de sua mãe.

Então deixa eu entrar!

– Pra assistir minha ruína?

Por favor!

– Não.

Vou chamar o chaveiro e mandar abrir esta porta!

– Se fizer isto, me atiro pela janela. Juro pelos meus filhos.

Desesperada, a caçula decide armar um ardil para conseguir entrar no quarto. Toda vez que deixa a bandeja com água e um prato de comida no corredor, espia a mãe abrir uma fresta, puxar rapidamente a bandeja e trancar a porta. A ideia é se esconder no vão da soleira da porta do quarto ao lado. E assim fez.

Zilda abre a porta e puxa a bandeja. Antes que possa fechá-la, Ana Lívia atira-se sobre ela, derrubando água e comida. As duas engalfinham-se pelo chão, lambuzando-se de arroz com feijão. Gritam, esperneiam, agarram-se aos cabelos uma da outra. Na peleja, a mãe leva a melhor. Consegue, após grande esforço, enxotar a filha do quarto. Ana Lívia dá socos e pontapés na porta, sem resultado. Exausta, promete a si mesma tomar providências para resolver de vez o problema.

Zilda sentada na cama. Pensa na razão pela qual escolheu aquele quarto para se isolar do mundo. Para ela o cômodo nunca deixou de pertencer a José Kátia. A barata sobre o papel, as perninhas para o ar em frenéticos movimentos. A extravagante imagem tornara-se indelével em sua mente.

Desde o ocorrido, poucos hóspedes se aventuraram a ocupar o quarto. Segundo consta, a atmosfera do local é perturbadora e, durante a noite, ventos fortes fazem a janela bater de modo assustador.

Ela se deita. Sente-se como um grande inseto agonizante.

Nauseada, adormece.

25

Agora mais essa. O pai aleijado gritando num quarto; a mãe louca trancada no outro. E ninguém pra ajudar. E mais hóspedes, compras, cozinhar, arrumar tudo. Meu filho não aguenta mais; é só uma criança. Ainda assim quer ajudar. Percebe o desespero em meus olhos. Evito olhar para ele. Não posso olhar meu filho nos olhos. Minha irmã não ajuda. Uma vaca ocupada que só trata de seus assuntos. Socorro. Ajuda. Por favor. Alguém. Uma luz. Socorro.

Entretida em pensamentos enquanto varre o corredor, Ana Lívia é interrompida pelos gritos de Agenor.

– Ó este penico fedendo aqui! Ninguém faz nada? Que que tá acontecendo? Cadê sua mãe? Arromba aquela porta e tira ela de lá! Que que ela tá pensando? Que vai trazer o cretino do Augusto de volta? Mulher burra!

Ana Lívia apenas encara o pai pela porta aberta.

– Fica aí que nem mula empacada. Faz alguma coisa, infeliz!

Ela levanta a vassoura como quem porta um machado e parte pra cima dele. Dá com a vassoura na cabeça do pai, sem piedade. Uma, duas, três vezes.

26

Nunca uma conversa foi tão sussurrada.

– Mãe?

– ...

– Tá me ouvindo?

– ...
– Sai daí, mãe.
– ...
– Sai.
– ...
– A vida tá te esperando.
– Esperando quem?
– ...
– Hein?
– Tá te esperando, mãe.
– Me esperando? A vida? É?
– ...
– Tou atrasada?
– Que que tá acontecendo com a senhora?
– ...
– Fala, mãe.
– Tá acontecendo alguma coisa?
– A senhora, mãe. Trancada aí.
– Que que tá acontecendo comigo?
– ...
– É isso que cê quer saber?
– ...
– Hein?
– Mãe.
– Para com isso!
– Mãe.
– Para!
– ...
– ...de me chamar de mãe.
– ...
– Não sou tua mãe.
– ...
– Você é uma sem mãe.
Ana Bella chora. Não, não chora. Seu estômago se contrai, seu rosto

vira uma carranca crispada e pálida, suas mãos tremem. Mas lágrima que é bom, nenhuma. Apenas um corpo estático, cabeça tombada para trás, a mão esquerda na maçaneta.

Ela retoma o fôlego.

– A senhora vai morrer aí.

– ...

– A senhora quer morrer?

– Já morri. Faz tempo.

A pedido da irmã, Bella finalmente aparecera para tentar convencer a mãe a desistir de seu cárcere privado. Ao vê-la, Ana Lívia faz um sinal para ela:

"Deixa pra lá. Não vai adiantar. Preciso falar com você. Agora."

27

As irmãs na cozinha. A caçula serve um café a Ana Bella e se senta diante dela. Ambas se encaram por um tempo.

"Eu vou embora."

– Precisa de dinheiro?

"Tenho o bastante pra me virar."

– O que vai fazer?

"Trabalhar. Em qualquer lugar."

– Nem pense em se prostituir.

"Farei o que tiver que fazer. Meu filho é o que importa. Não tenho vocação pra puta. Infelizmente."

– Sozinha, num mundo brutal. Jovem, mãe. Muda. O que vai ser de você?

"Vou voltar a falar."

– E sua promessa?

"Dane-se. Já paguei o que tinha que pagar."

– E o nosso segredo?

"Dane-se. Faça o que quiser com ele."

28

Madrugada. Lua cheia no zênite. Agenor sozinho em seu quarto, insone em sua velha cadeira de rodas. Um estranho mal-estar atravessa seu corpo alquebrado. Está exausto, não toma banho há dias, sente-se febril.

Um silêncio atravessa a grande pensão. Até os roncos habituais cessam de repente. Um pesado calafrio espanca sua nuca. De modo quase imperceptível, a maçaneta da porta do quarto começa a girar. Ao dar-se conta, Agenor se volta, já disposto a insultar a filha. A porta se abre lentamente. Não há ninguém na soleira. Um vento gélido invade o cômodo. Agenor conduz preguiçosamente sua cadeira em direção à porta, na intenção de fechá-la, e dá de cara com um vulto. A silhueta impede sua passagem.

– Fecha isso, estrume. Esse vento vai me matar.

Você já está morto.

Agenor apura o olhar. Não consegue identificar a figura parada à sua frente.

– Apanha um copo d'água. Estou com sede.

Vou apanhar nada. Você vai apanhar.

O velho registra o tom de voz familiar. Um sobressalto faz disparar seu coração. O rosto de Augusto flutua a alguns passos dele. De sua cabeça disforme escorre um sangue negro e espesso. O líquido pinga lentamente no chão, causando um agudo estalido que reverbera por toda a pensão. Agenor começa a tremer e a suar. A aparição fala baixo e muito devagar.

Velho cretino. Velho triste. Condenado. Ruína inútil. Não devia ter nascido.

– Augusto. É você? Veio me buscar?

Se existisse inferno. Se estivesse indo pra lá. Te largaria no colo do cão com recomendações de bons cuidados. Velho infame. Monte de lixo.

– Me leva com você. Pra onde for. Me leva. Não quero mais viver aqui.

Vai viver. Cão. Você merece. Teu inferno é aqui. Desejo a você dias e dias e dias e dias. Vivo. Nesta cadeira.

– Me leva, Augusto. Me tira daqui.

Estrume. Desejo a você longos anos de vida. Longos anos de dor. De amargura. Desespero.

– Mas eu gosto tanto de você, Augusto. Gosto.

Nem de você você gosta, seu bosta. E a vida te odeia. Bem mais do que você a ela.

– Augusto. Você está morto?

Nunca estive tão morto em toda a minha vida.

– Como é a morte?

Escura. Fria. Vazia. Mas é bom.

– Tem alguma coisa aí?

Nada.

– Nada de nada?

Grande deserto. Vagamos sozinhos. Pra sempre. Sem amor. Sem dor.

– Não tem ninguém aí?

Lotado. Mas ninguém se esbarra. Muito espaço. Ninguém se conhece. Ninguém se importa.

– Alguém cuida da gente aí?

Ninguém carece de cuidados aqui. Nem de companhia. Nem de água ou comida. E o melhor: ninguém caga aqui.

O riso de Augusto é um trombone avariado. O coração de Agenor palpita na garganta.

– O que você quer comigo? Por que voltou?

Vim admirar sua miséria.

– Tá doendo? Tua cabeça?

Isto não é minha cabeça. É a sua.

– Vá embora. Estou com medo. Você me dá medo.

Tenha medo dos vivos. Infeliz.

– Me dá um beijo, Augusto. De despedida.

Em breve nos veremos.

29

Sexta-feira dia santo. Manhã nublada abafada. Estranhamente, não soam os sinos da igreja.

Zilda desperta. Pressente a quietude perturbadora, confere o relógio de cabeceira, os números marcam 8:32. Ana Lívia não trouxe seu café. Salta da cama, escancara a porta do quarto, um calafrio a atravessa, ela suspira, sai a zanzar pelo casarão, a conferir se a pensão é a mesma. Tudo em seu devido lugar, mas a atmosfera é densa, quase pastosa. Nenhum hóspede, nenhum movimento. Ela ouve os gemidos de Agenor, que chama pela filha e chora baixinho. Acometida por pressentimentos, segue para o quarto da filha. Porta fechada. Ela toca a maçaneta, outro calafrio, os gemidos de Agenor tornam-se gritos, ela abre a porta. Tudo na mais perfeita ordem. Sobre a cama da caçula, um envelope. Ela o apanha, senta-se na beirada da cama, abre-o, retira uma carta e lê:

Não estou mais aqui. Fui para o mundo. A vida é brutal, mas nada é mais brutal do que isto aqui. Se fosse bom aqui, me sentiria jovem. Com vinte e poucos anos sinto-me uma velha burra. Tem algo estranho rondando este lugar. Não sei o que é, não quero saber. Vou-me embora, meu filho num braço, a mala no outro. Este lugar um dia foi meu lar. É meu inferno agora. E não só meu. Se pudesse levaria os animais também, sinto pena deles. Todos tristes. A casa entristeceu, assombrada por lamentos. Cada degrau da escada, cada tábua do assoalho, cada parede janela porta batente quadro móveis objetos, cada árvore do quintal, testemunhas mudas do que digo. Ficaram feias, perderam sentidos. Eu não. Não vou perder o sentido. Nem meu filho. Não vamos perder sentidos já que não somos coisas. Temos vida e desejos, podemos escolher, podemos nos mover, somos dotados de vontade de escolha. Quero paz para criar meu filho e dedicar-me ao homem que hei de encontrar e com quem hei de me casar em breve. Não é um palpite. Não é uma possibilidade entre muitas. É o que vai acontecer. Se seremos ou não felizes, pouco importa. Alguém lê esta carta agora. Saiba que já estamos longe e que ninguém poderá nos encontrar. Ninguém nos reconhecerá. Quando terminamos de arrumar as malas, meu pequeno perguntou: "Mãe, pra onde a gente vai?" "Vamos viver, filho, a vida". Ele abriu um sorriso. O mais luminoso que já vi.

Adeus mãe adeus pai. Vocês fizeram o possível. Minha vez agora.

Zilda permanece um tempo estática, prostrada, exausta, as marcas do exílio doméstico vincadas na face. Os gritos de Agenor enchem a pensão. Ela se levanta e segue para o quarto do marido. A expressão em seu rosto é um sóbrio nada. Encontra Agenor pelado, suado, cagado, mijado, afundado em sua cadeira, chorando a cântaros. Ele encara Zilda com um misto de surpresa e alívio; fala com um fio de voz, cansado, frágil e assustado como um sequestrado.

– Você? Veio me salvar? Amor da minha vida miserável. Salva eu. Beija eu. Ama eu. Não me deixa aqui. Um homem não pode suportar.

– ...

– Vai ficar aí? Não fica aí. Há tanto pra se fazer. Sem você isso é um casarão assombrado. Sem você esse lugar apodrece, nada acontece.

– E quando estou aqui? Cuidando de você? Das coisas, dos animais, dos hóspedes, de tudo? De tudo que já esteve aqui e de tudo que jamais voltará a estar aqui? Tudo melhora? Fica bom? Fica tudo tranquilo e confortável?

– ...

– Hum?

– É, fica assim. Como uma mágica.

– Quer tomar um banho? Você precisa de um banho. Quer?

– Você me ajuda?

– Claro, meu velho.

– Eu te amo, mulher.

Ela dá um longo banho no marido, barbeia-o, perfuma-o, veste-o com extremo zelo, coloca-o em sua cadeira de rodas e segue para o corredor. Ao chegar no topo da escada, hesita. Agenor pergunta: "Você me aguenta até lá embaixo?", ao que ela responde: "Não, querido, eu não aguento". E empurra suavemente a cadeira escada abaixo.

30

No final da equação, solidão. Uma gata amarela, – cujo nome Zilda está longe de adivinhar – os silêncios derruídos de sempre, a intolerável apatia de móveis e objetos, o telefone um enfeite, os vizinhos que vão e vêm, os que não saem do lugar, a rua e o vento. O conjunto emoldurado por uma tênue conjuntura de sentidos. Em meio a isso, Zilda mal consegue soar como a heroína de melodrama que sempre quis parecer. Em meio a isso, soa como um sino quebrado, um velho sino enferrujado que ninguém mais se encanta ao ouvir badalar. Em meio a isso, segue a viver como quem se arrasta entre espaços que se expandem, mal dando-se conta de que, por conta disso, tudo se desencaixa mais e mais, e que coisas por demais desencaixadas não constituem um panorama.

O tempo desacelera. Zilda aproveita para pôr em ordem o velho casarão. Nada se compara a uma boa fuga ocupacional para adiar o abismo. Quando o sol se põe, ela adormece. E sonha.

Primeiro Sonho de Zilda. Os dentes de Ângelo participam de um páreo. Todos apostam no cavalo de número 6, mas os dentes lideram com ligeira vantagem. Estou nas arquibancadas. Grito. Apostei nos dentes, os demais apostadores me olham com hostil desconfiança. Na reta final, os dentes de Ângelo já em larga vantagem, aparece um senhor com cara enrugada e diz (a voz dele é engraçada, parece um disco antigo): "Ontem mesmo meu filho me disse: 'Não perca as esperanças. Ou abandone-as de vez.' Ninguém sabe ao certo o que aconteceu. Esta a única certeza. Nem os dentes foram encontrados entre as cinzas." Última imagem: uma mulher amarela atira-se por debaixo dos dentes, poucos metros antes da linha de chegada. O cavalo de número 6 ganha o páreo. Acordo com os gritos da mulher amarela.

Segundo Sonho de Zilda. Um borrão colorido. E umas vozes. De tudo o que dizem, só decifro uma palavra. Não me lembro qual, mas acordo com "escada" presa em minha boca.

Terceiro Sonho de Zilda. Ângelo sobe uma escada. Mais nada.

Quarto Sonho de Zilda. Um gato azul fala comigo. Uma longa e irritante sequência de miados. Última imagem: o gato me ataca. Acordo para o quinto sonho, que me revela coisas incompreensíveis. Ângelo não teria morrido, apenas subido uma escada. No pé da escada, uma gata amarela e o cadáver de Agenor. Acordo mijada.

Que viver desespera todos deixam de dizer, todos os dias. Não há um só ser que afirme isto diariamente, como um mantra. Lembramo-nos disso, por certo, mas calamos. A mínima indisposição ao acordar, o menor temor de um sonho perturbador, a vaga preguiça de fazer algo, de dizer algo, de revoltar-se por algo que valha a revolta, de amar alguém que valha o sacrifício, de sacrificar-se por algo que faça o amor parecer elementar, de construir algo como uma catedral de sentidos, remete ao cansaço que silenciamos, pois somos adultos e aprendemos, há muito, a prática diária da resignação. E o contrário? Recitar o mantra dia a dia? O que isto nos tornaria? Fracos? Loucos? Covardes? Perdedores? Talvez isso tudo. Por isso calamos ao invés de gritar. De outra forma, como viver entre os homens? Para mim, contudo, – posso já dizer sem reservas – viver sempre foi um contínuo calar de desesperos. E – também já o posso dizer – não somente para mim.

31

Algumas semanas após ter enterrado o marido e encoberto as evidências de seu crime ("um triste acidente", declarou, o que, obviamente, convenceu a todos), Zilda retoma a rotina e segue em frente. Alguns hóspedes começam a reaparecer. Quase tudo volta ao normal. Zilda sente-se só em sua pensão, carregada de culpa pela fuga da filha e, embora aliviada, tendo constantes pesadelos com Agenor, que aparece com frequência em seus sonhos a clamar por vingança. O falecido passou a ocupar o lugar de Ângelo em seus delírios noturnos, o que a desespera, já que estava convencida de que, por meio dos sonhos, acabaria por solucionar o intrigante mistério do desaparecimento de seu único amor.

Com exceção de Ana Bella, nenhum filho compareceu ao velório do pai. A única nobre presença, além da mãe e da filha, foi a da gata amarela, que Zilda, a princípio a contragosto, acabou por adotar ao saber que o vizinho a maltratava.

Conversa entre mãe e filha no velório do pai:

– Mãe.

– ...
– Como aconteceu?
– ...
– O acidente. Como foi?
– ...
– Mãe?
– Não é hora de falar nisso. Respeito.

...

– Ele tentou descer a escada na cadeira de rodas sozinho?
– Vocês me obrigam a falar mil vezes a mesma coisa!

Gertrudes, a gata amarela, rodeia a cena de modo tão sutil que só mesmo um narrador poderia notá-la. Mantém a clássica posição ereta da estatuária felina, bem embaixo do ataúde de Agenor, e não tira os olhos de Zilda.

– Por que não pergunta logo? Pergunta de uma vez.

Gertrudes dá uma longa miada. Zilda faz uma careta.

– Odeio essa gata! Ela é suja!
– A senhora brigou com o vizinho pra ficar com ela.
– Faz logo a pergunta.

Outra longa miada.

– Faça essa gata calar a boca!
– Que pergunta, mãe?!

Terceira miada de Gertrudes, quase um pedido de socorro. Zilda se levanta e encara o animal.

– Vou enterrar essa gata junto com o seu pai!

Depois de mostrar os dentes para Zilda e encará-la acintosamente por um tempo, a gata se retira da sala vagarosamente. Faz-se um pesado silêncio.

Ana Bella está pálida.

32

Zilda escreve a Ana Paula, sua filha mais velha. Sozinha em sua cozinha, beberica um café requentado e, entre um parágrafo e outro, encara a gata confortavelmente instalada no centro da mesa, ao lado da fruteira, as patas cruzadas, o ar de nobre calma.

Amada filha

Diante de mim há uma gata cujo nome desconheço. Era do vizinho, mas acabou debandando para cá, pois seu dono, um idiota, a maltratava. Por enquanto a chamo de "Gata". Não sei se um nome faria diferença. Gatos não atendem pelo nome. E fazem o que bem entendem.

Como vão as coisas? E a mudança para Barcelona? Deu certo? Mande notícias.

Escrevo para dar-lhe as últimas daqui. Sei que sua irmã deve tê-la atualizado, mas faço questão de relatar as coisas do meu jeito. O fato é que...

Zilda para de escrever, deixa escapar um longo suspiro. Encara Gertrudes, que boceja. Ela imita o animal, faz careta, a ver se ela reage. Nada. Apenas a imagem de uma bela gata amarela ao lado de mangas e bananas. Zilda volta à carta.

O fato é que aconteceram coisas por aqui. Tão terríveis que mal sei por onde começar.

Augusto se matou.

Ana Lívia fugiu com o filho.

Seu pai morreu.

Suponho que já saibas de tudo, mas não por mim. E é assim que deves saber. A boca de sua irmã é grande e pouco confiável.

E não é que o mulato teve colhões pra se atirar no canal do esgoto? Me largou na mão sem pestanejar, o malandro. Algo me diz que Augusto tinha um amante rico que o abandonou. Talvez um homem de meia idade, cansado da esposa. Nunca me disse nada, mas o vi mais de uma vez escrevendo cartas a alguém que, se meu faro não erra (e quase nunca erra), era um homem. Num de seus intervalos cometeu a imprudência de deixar a carta aberta, inacabada, sobre a mesa da cozinha. Estava por ali preparando o almoço e não resisti. Ao passar os olhos sobre a carta, li: "Você, meu eleito, meu defeito. Dor no meu peito." De um mau gosto, cheguei a conter o riso. Quem diria. Augusto, metido a nobre, tão ostensivamente pedante e reservado, ser capaz de escrever a alguém coisas assim. Jamais imaginei. Mas não toquei no assunto. Acho que ele cometeu o descuido com o cínico propósito de me fazer saber, pois calculou que eu não resistiria. Foi o modo indireto e canhestro dele de me revelar seu segredo. Claro que um trecho de carta não quer dizer nada. É como espiar a vida de um desconhecido por uma fresta de janela e querer entender a situação toda.

Dizem que o suicida é dotado de inexplicável coragem. Pode ser. E há aí um notável paradoxo: coragem covarde, covardia corajosa. Que seja. Para mim o que fica é a imagem de um miserável infeliz, autor de um gesto legítimo, porém estúpido, situado além de toda a compreensão.

Apesar de tudo, amava àquele mulato como a um irmão. Era meu último elo com minha família e acho mesmo que o suicídio de mamãe o influenciou. Adoraria poder ao menos sonhar com Augusto, conversar com ele, saber como andam as coisas. Mas nem isso. Vovó tinha razão: "Deixe os mortos em paz. Preocupe-se com os vivos."

Zilda nota que Gertrudes a encara fixamente, como se alarmada com alguma coisa.

– Que que é, gata? Viu fantasma?

Gertrudes se arrepia, os pelos eriçados, orelhas em riste. Levanta-se sobre duas patas e movimenta as outras como se atacasse algo, enquanto mia e mostra os dentes. O vento derruba um pequeno vaso que se espatifa sobre a mesa, fazendo a gata dar um acrobático e agilíssimo salto no ar e sair em disparada. Quando Zilda faz menção de retomar a carta, divisa, de canto de olho, um vulto a cruzar a cozinha. Sente uma espécie de suave enlevo, seguido de uma tremedeira. Ela respira fundo. Diz, com toda cautela:

– É você, meu preto?

...

– Pode falar. Estou ouvindo.

...

– Fala comigo.

...

– Por favor.

A gata não para de miar, como se chorasse. O ar está denso, elétrico. Ouve-se apenas a voz de Augusto, grave e rápida.

sou seu preto não mulher

nem irmão
nem nada
sou seu nada agora
é bom ser nada de alguém
daqui me pergunto por que as coisas decidiram ser
ao invés de não ser
você é bonita
velha e bonita
é bonita sua velhice
com você a gente sente vontade de envelhecer
desculpe não envelhecer ao seu lado
tive condições não
não iria aguentar
mas você
olhe aí
perdeu amante amigo marido
os filhos todos
e está aí
isso é o que chamo de
como se diz mesmo?
não importa
vim em voz
para dizer-lhe coisas
poucas
e vou dizê-las
com calma e depressa
pois esta gata é sensitiva
e irrita os mortos também
então veja
amiga
posso?
te chamar assim?
acho que sim
te incomoda?

acho que não
então é isso
achou que fosse mais?
é só isso
não há mistérios na morte
na vida é que há
um mistério a cada curva
retas de mistérios
viva com este barulho
aceite-o em seu coração
não há solução

Um silêncio. Uma calma. Uma imobilidade. Gertrudes para de miar e vem se aninhar aos pés de Zilda, que permanece imóvel, os olhos fixos no vaso quebrado sobre a mesa.

33

Impressão de que a vida acabou, mas que sigo a viver. Como se estivesse na reserva, aguardando a hora de voltar ao jogo, embora saiba que isso não vai acontecer. Desde que tudo começou a ruir (tudo decai, é a lei, mas refiro-me não a uma parede rachada ou a janelas quebradas, mas ao momento em que a grande casa desaba e nada é capaz de refazê-la), sinto-me uma morta-viva. Respiro ainda, existo aqui agora, sim, será? Rodeada de ruínas. Só faltam os caninos e a vida eterna para que me chamem de vampira, embora nada me atraia na perspectiva de vida eterna. Vida que é vida tem fim. E o mínimo que se exige de uma vida, para que tenha fim, é que tenha sido vivida, enfim.

Se tivesse sido uma inútil a vida toda, estaria, a essa hora, engolindo apenas o merecido tédio. Mas tive a nítida ilusão de um forte comando. Então, além do tédio, estou desapontada, pois vejo agora, com assustadora transparência, que nada foi comandado por mim; tudo aconteceu à minha revelia. E teria acontecido de igual maneira, independente do que pudesse ou não ter feito. Intolerável sensação. Algo como uma ausência admitida, uma ausência adquirida após anos e anos de indubitável presença. Que presença é essa que não faz a mais vaga diferença?

Assisto a um filme. Sobre um homem que não sabe o que fazer com a própria vida. Segue vivendo como se nada estivesse acontecendo. Em idade avançada, vive sozinho numa grande cidade e frequenta a festas e eventos sociais todas as noites. O dia dele não existe. Quando os outros acordam, vai dormir. Apesar disso, é solitário e elegante. Mantém a classe e certo cinismo, típico dos que se deixam distrair pela vida mundana, para quem nada é sagrado e tudo regido por aparências. Namorou uma bela moça que o deixou quando era jovem. Parece ainda gostar dela. Não entende por que foi abandonado. Parece intuir que a vida é o que parece: sem mistérios, nenhuma profundidade, fútil, todos uns infelizes roendo-se em desesperos e tolas vaidades. E assim segue, flanando com seus ternos bem cortados, à procura de algo que, segundo ele, ainda não encontrou.

Batem à porta. Já é tarde, não quero atender. Abaixo a tv e finjo-me de morta. Ouço a voz de Ana Bella, insistindo para que eu abra. Grito que não estou. Ela grita é urgente. Desligo a tv, abro a porta. Ela entra e segue direto para a cozinha. Atiro-me no sofá. Ouço seus queixumes e finjo-me de surda. Ela volta da cozinha com uma garrafa de vodka e dois copos. Digo não quero beber. Ela diz você vai precisar e serve os dois copos. Estende-me um enquanto entorna o outro. Ao ver que não me movo, faz uma careta, põe meu copo sobre a mesa e enche o dela de novo. Encara-me com expressão que não reconheço. Só então pergunto o que aconteceu. Precisamos conversar. Estou cansada, quero ficar sozinha. Mãe, você acha que se não fosse urgente eu estaria aqui a essa hora? O que que é urgente? Isto, diz, e me mostra um papel. O que é isto? Um e-mail da Ana Paula, acabei de receber. Escrevi pra sua irmã há duas semanas, ela ainda não me respondeu. Ela tentou, mas não conseguiu, preferiu mandar um e-mail. O que diz aí? Ela me pede para lhe contar coisas que a senhora precisa saber. E por que ela mesma não conta? Já disse, ela tentou escrever a carta explicando tudo, mas não conseguiu. Não conseguiu? Não, não conseguiu. Por quê? Porque é difícil. Você também acha difícil? Acho, mas estou aqui pra dizer o que é preciso e acabar de vez com esse segredo. Segredo? Sim, segredo. Oba, adoro segredos. Não brinca, mãe, é sério. Claro que é sério, se não for, nunca mais abro essa porta pra você. Ela suspira e pergunta se nunca fiquei curiosa pra saber de quem é o filho de Ana Lívia. Digo a ela que sim, claro, muitas vezes, mas decidi respeitar seu silêncio e acabei me acostumando à ideia de não saber, e que, depois da fuga dela, perdi de vez o interesse. E ela começa: lembra de uma tarde de domingo que o Ângelo veio visitar a senhora e eu, Paula e Lívia chegamos e a senhora ficou irritada com a gente? Não, não lembro. Vocês tomando cachaça na cozinha e a gente chegou da rua, as três animadíssimas, e a senhora ficou enciumada porque atrapalhamos sua conversa com ele e deu um de seus ataques e saiu e foi dormir, lembra? Não, não lembro.

– Foi naquele dia. A gente arrastou o Ângelo pro quartinho dos fundos e fizemos uma festinha. Começamos a provocar e ele, meio bêbado, ficou apavorado, mas não resistiu. As três no cio, não tinha como escapar. Eu e Paula sonhávamos em perder a virgindade com ele e a Lívia, no começo meio tímida, foi se soltando e deu um show e acabou levando a melhor porque o Ângelo também se animou. E apesar de ter feito com as três, foi com ela que ele mais se empenhou. E é isso. Seu neto é filho do Ângelo. Éramos loucas por ele, todas nós, impossível não ser arrastada por aquilo, o olhar a voz o jeito dele de dizer de fazer as coisas, aquela coisa de estar ali como quem não está, as ideias suavidade o refinamento educação aquela delicadeza. O cara era o demônio e a senhora sabia muito bem. Quase enlouqueceu de amor por ele e sabia muito bem. E foi cega a ponto de não perceber ou sequer desconfiar, isso é o que mais me espanta. Três jovens virgens na flor da puberdade babando na sua cara pelo macho alfa que invadiu nossa casa e a senhora cínica a ponto de insistir em não se dar conta porque achava que ele estava apaixonado só pela dona do pedaço. Porque cega de encantamento e vaidade achava que só seu amor por ele importava e que ele a salvaria de sua miséria e desespero. A senhora, sempre tão esperta, fazendo-se de ridícula. O apaixonado é um cego ridículo.

34

10 para as 4. Garrafa de vodka vazia. Dois copos; um cheio, um vazio. Gertrudes sobre a mesa. Zilda na cabeceira, tombada, o rosto entre os braços. Levanta o olhar e encara a gata.

– Quer falar, aproveita. Sou boa ouvinte. Controle seu pasmo. Não com o fato de me ouvir falar. Com a vida. Você aí é comovente. Posso te tratar por "você"? Claro que posso.

– ...

– Meu nome é Gertrude Stein. Todos me chamam de Gertrudes. Gatos atendem pelo nome sim, você é que não teve tempo de perceber.

– ...

– Enfim. Ao que interessa. Melhor: ao que não interessa. A você não interessa falar sobre seu segredo, suponho. A mim sim. Sei exatamente o que aconteceu. Estava fazendo a sesta ao pé da escada e vi tudo. Sou testemunha única da porcaria toda. Saiba que estás sozinha comigo, que só te restou a gata amarela suja do vizinho idiota e que, por isso, vais me respeitar.

– ...

– Não vais falar? É isso. Engolir palavras faz bem. Um sábio decidiu engolir seus discursos. Safou-se de um câncer na laringe. Ou na boca, pouco importa. Comer carne porco ou peixe pouco importa. O que importa é o que sai. Palavras.

– Você conhecia o gato de Ângelo?

– Brocha esnobe. O que quer que tenha te dito é mentira. Aquele só diz a verdade a espécimes da raça dele.

– Ele te disse alguma coisa?

– Não sou da raça dele.

– O que você sabe?

– Teu amado fugiu para uma cidade remota da América central. Foi esconder a vergonha dele por lá.

– Vergonha de quê?

– Fracasso.

— Acha vergonhoso o fracasso?
— Não acho nada.
— Fugiu sozinho?
— Levou uma moça daqui do bairro. Segundo consta, uma bela mulher, dona do próprio nariz, livre pra bater asas com o infeliz e salvá-lo de suas ruínas.

...

— Você acredita que uma pessoa possa salvar outra?
— Bem mais fácil salvar alguém.

Gertrudes se afasta. Zilda vira o copo de vodka. Sua cabeça desaba entre os braços.

Amanhece.

a parte de

Francisco

1 [Introdução]

Teu nome: Francisco Vantueil de Araújo Contrera. Todos te chamam de Chico. Apesar de já pra lá dos 80, é de ferro tua saúde. Dizem que pertences a uma família de longevos e que o pai de teu pai viveu mais de um século.

Bebes com frequência, adoras as carnes, frituras e um bom doce de leite (dizem que és capaz de esvaziar um vidro grande a colheradas) e goiabada cascão (dizem que és capaz de matar uma lata numa sentada), apesar de que suas taxas de colesterol e triglicerídeos são como as de um atleta, o que atrai a inveja e a indignação de muita gente.

És homem forte trabalhador honesto inteligente e – o que de fato faz a diferença – bem humorado. Tens a sensibilidade dos pragmáticos, embora as más línguas insistam em sustentar que a condição essencial para ser homem prático é certa falta de sensibilidade. Claro que isso é conversa de gente sem qualquer senso prático, cuja vocação para a ação se perdeu nas curvas da estrada ou no balanço da nau ou nas turbulências da aeronave.

És um proletário, feirante, consertador de bugigangas em geral, encanador eletricista bombeiro gasista, colecionador de relógios, contador de causos e piadinhas, bom homem, bom marido e não tem filhos. Cultivas o amor próprio típico dos que duvidam do excesso de dúvidas, queixas existenciais, desesperos e, acima de tudo, autocomiserações.

És enfim o projeto de perfeição humana que deixaram escapar ou esqueceram ou – o que é mais provável – deixaram cair aqui.

2

Observas as leis da natureza e crês que o Universo surgiu de uma grande explosão e que não foi Deus quem causou a explosão, ela simplesmente aconteceu num átimo num átomo infinitamente denso e que, a partir de então, grandes espaços se abriram e os relógios passaram a contar o tempo. Segundo consta, terias sustentado, com ardor etílico, numa discussão de botequim, que Deus não pode ter causado a explosão pelo simples fato de que, antes da explosão, o tempo não existia e que, assim, "Deus não teria tido tempo para causar a explosão."

Segundo fontes fidedignas, nessa mesma discussão, neste mesmo botequim, entre homens aparentemente crentes e de boa fé, terias tido a empáfia de sustentar que "nossos destinos não têm comando algum" e que "estamos por conta do acaso", o que te fez ganhar de presente um nariz quebrado e alguns hematomas faciais.

3 [Nascimento & Infância]

O que consta é que nasceste como um anjo, que ninguém te pariu e que te encontraram numa cesta de piquenique enrolado numa manta de feltro, na porta da casa de gente rica e renomada. O que se conta é que teu pai de criação era um renomado neurocientista e tua mãe de criação uma renomada psicanalista e que ambos eram ricos e felizes.

Isso é o que consta.

Em todo caso, o que se conta.

4

E pensar em tantas crianças abandonadas que simplesmente morrem de fome no lixo ou são encontradas por gente sem modos e sem meios para criá-las ou por instituições assistenciais decadentes.

Muita sorte tiveste nesta vida.

5

Dizem também que teu pai o ensinou a:
1) Dizer não se necessário.
2) Refletir antes de dizer sim.
3) Se possível deixar as pessoas em certa sombra de dúvida.
4) Olhar o céu e identificar as constelações.
5) Encontrar, o quanto antes, a mulher de tua vida.
6) Entender que não é possível reproduzir artificialmente a conectividade entre as 100 trilhões de sinapses dos 89 bilhões de neurônios do cérebro humano.
7) Desistir de tentar entender a condição humana.
8) Não dar demasiada atenção às angústias (às tuas e às de outrem).
9) Levantar cedo todos o dias e andar 3 quilômetros pelo menos.
10) Refletir em movimento, nunca parado
11) Esperar nada de coisa alguma

6

Tua mãe, dizem, dizia-te coisas como:
1) Quem você pensa que é?
2) Nunca deixe um amigo na mão.
3) Nunca pense antes de agir. Se necessário, depois.
4) Nunca coma mais que o necessário. Se puder, saia da mesa com fome.

5) Nunca durma mais que o necessário. Não é necessário.

6) Nunca pense mais que o necessário. Desnecessário.

7) Faça o que tiver que fazer.

8) Cuidado com as fêmeas. São perigosamente instáveis.

9) Tenha sempre à mão uma boa bicicleta. E uma boa desculpa.

10) Desista de ser escritor o quanto antes.

11) Aprenda a ser sozinho com classe. E, de preferência, sem fazer gênero.

7

Há ainda uma hipótese (apócrifa) para o teu nascimento, infância e tenra juventude.

O que se conta é um tanto extravagante, razão pela qual optamos por reproduzir aqui, sem autorização, o relato de alguém – que prefere manter-se anônimo – que teria convivido com um teu amigo, amigo este que teria relatado, com azedume e convicção, – negando-se, entretanto, a apresentar provas – os seguintes eventos:

"*O que segue é o relato jurado e gravado de Arthur – não obtivemos autorização para revelar seu verdadeiro nome – das estranhas circunstâncias pelas quais veio à vida, sobreviveu e cresceu o hoje feirante encanador eletricista e bombeiro gasista Francisco Vantueil de Araújo Contrera.*

'Sei pouco demais sobre ele, mas como sua insistência é severa, severo será meu testemunho. Tudo que sei é que ele nasceu na Lua. Não me olhe assim. Este é talvez o único fato que posso – ou poderia, se quisesse – comprovar. Tudo começou com um casal de cientistas astrofísicos astronautas da NASA. Eu disse NASA. Você é jornalista? Não, por nada, é que você se porta como um. Não entendi. Ah sim, o que é se portar como um? Ora, você sabe. Sabe muito bem. Mas eu estava dizendo que ele teve a sorte – alguns diriam o azar supremo – de ser filho de um casal de americanos. Sim, sim, cientistas astrofísicos astronautas da NASA, não me faça repetir. A menos que você faça questão de parecer um jornalista. Perdão? Ah sim, você não faz? Mas você fica bem de jornalista. Enfim, onde estávamos?

Ah sim, o casal. Tudo o que sei é que o tal casal foi enviado à Lua em missão secreta e que o módulo lunar pifou em pleno solo lunar, mas que apesar disso os aparelhos seguiram funcionando de maneira que o tal casal pôde sobreviver por um tempo considerável e que, como não tinham absolutamente o que fazer senão aguardar por uma improvável missão de resgate, acabaram gerando um filho e que a este filho deram o nome de Francisco. Ah, claro que você não acredita. E você espera que eu te convença? O fato é que o destino tem dessas coisas, então o que aconteceu foi que os pais acabaram não resistindo e morrendo antes que a missão de resgate chegasse. Mas o que ocorreu foi que a criança não morreu. Muito ao contrário, a criança estava lá – brincando de gravidade zero no módulo lunar avariado – quando os integrantes da missão de resgate finalmente pousaram na Lua. Certos de que encontrariam o casal, encontraram apenas Francisco flutuando. Pelos diários de bordo, souberam o nome da criança e que havia nascido há cerca de 6 meses, mas estranharam o fato de não ter sobrenome. O quê? Por que a criança não tinha sobrenome? Talvez porque não haja cartório na Lua. Enfim. Hã? Por que Francisco? Ok, mais idiota que essa impossível, de maneira que talvez tenha sido porque os pais se conheceram num show do Chico Buarque no Central Park. Não entendi. O nome dos pais? Não faço ideia, mas podemos inventar. Que tal John e Martha? Seja como for, a criança foi resgatada e voltou à Terra com honras de herói. Não entendi a pergunta, pode repetir? Condecorações? Ouvi dizer que recebeu uma medalha por serviços prestados. A quem? Digamos que a si mesmo, pois sobreviveu, e à humanidade, pois foi o único – e provavelmente último – terráqueo a nascer na Lua. Na certidão consta NASCIDO EM TERRITÓRIO LUNAR EM MISSÃO SECRETA, o que não é pouca coisa. Daí Francisco foi adotado por um casal de ingleses ricos e pervertidos e totalmente desocupados que explorava sistematicamente a criança, expondo-a como um ser lunar em festas duvidosas. Um milagre salvou-o das garras do casal britânico quando um juiz britânico da suprema corte britânica decidiu conceder sua adoção a um humilde casal de brasileiros. O resto você já sabe. Infância feliz ao lado de pais trabalhadores, adolescência produtiva aprendendo a viver com decoro, decência e autoconfiança. Perdão? O sobrenome? Suponho que seja dos pais brasileiros. Enfim, quem te ensinou a fazer perguntas?'"

8 [Puberdade]

Dizem também que, ao completar 15 anos, ganhaste de presente dos ex-pais adotivos britânicos um telescópio superpotente, com tripé motorizado e alcance considerável. O embrulho chegou pelo correio, com um bilhete lacônico porém tocante: *Sorry, dear son. This telescope is for you to see in heaven how we still love you. Use it to remind your hometown whenever you feel nostalgic. With love, Charles and Ella Eates.*

Foi uma comoção. A família toda se reuniu em torno da grande caixa para ajudar a montar o assim chamado Little Hubble.

9

Após observar constelações continuamente por alguns anos, chegaste a uma notável conclusão, devidamente anotada em teu diário (que, nessas alturas, já passava de 100 páginas):

"Não faz sentido algum não querer viver. Negócio tão improvável quanto o suicídio de uma estrela. Não há notícia de algo parecido na história do Universo. Uma estrela queima todos os seus gases, do mais leve ao mais pesado, até o fim, depois ainda gera outras coisas. 'Ah', diriam os pernósticos, 'mas uma estrela não tem autoconsciência.' Possível réplica: 'E quem disse que VOCÊ tem? Ou que uma estrela não a tem?' E se o problema, enfim, for esse, há remédio. Devemos evitar o excesso disso, do que quer que entendam por 'autoconsciência', como uma doce dieta existencial."

10 [Juventude]

Aos 19 foste mordido por uma vampira. Segue a passagem do teu diário em que tal estranho – e duvidoso – episódio foi (mal) relatado:

"Comecei a frequentar festinhas. Nunca tive amigos, de maneira que minhas primeiras incursões em festinhas foram traumáticas. Se há ocasiões em que sen-

timos a profunda falta de amigos, não resta dúvida de que as tais são as festinhas. Pra que prestam amigos? Para nos proteger em festinhas. E aquela estava de amargar. Festa de gênero, fantasias góticas.

Alguém sozinho numa festa é sempre ridículo. Inescapavelmente ridículo. Comecei a zanzar feito idiota, prum lado e pro outro, como o segurança do salão. A festa estava animada, admito, e algumas garotas pareciam bastante apressadas. Algumas em mostrar os peitos, outras a bunda, e as que gostariam de mostrar a genitália mas não tinham coragem, levantavam os braços pra dançar, escancarando as axilas de modo severamente obsceno. Penso que, em alguns casos, mostrar a genitália seria menos indecente. Nada pode ser pior numa mulher – na humilde opinião deste narrador – do que uma axila peluda. Ou do que a exibição de axilas depiladas que escondem o desejo de exibir a genitália, peluda ou depilada.

Havia enfim desistido de andar pra cima e pra baixo com cara de idiota. Estava parado, encostado numa parede, com um copo de cerveja quente na mão, bebericando aquele xixi, pensando no quão tolo aquilo tudo me fazia parecer, quando uma moça pequena, bonita, cabelos escuros, olhos claros, aproximou-se de mim.

Vai ficar aí parado?

Eu tava andando até agora.

Eu vi. Engraçado.

Engraçado é seu traje.

Você se refere a que? Ao dress code da festa? A minha roupa, maquiagem? A que exatamente?

A essa gente que quer ser vampiro. Que toma drinques de groselha.

Se eu dissesse que não estou fantasiada, você riria de mim?

Talvez.

E se eu mordesse teu pescoço sugasse teu sangue te deixasse meio zonzo depois sugasse teu pau e te fizesse gozar com um prazer que você nunca experimentou?

...

Te assustei?

Em absoluto.

Em absoluto sim ou não?

...

Vejo que até há pouco tinha sua curiosidade. Agora tenho sua atenção.

Sim, tinha. Toda a minha atenção. O olhar dela. O cheiro. O jeito dela de se *mover. Sua boca. Os cabelos presos. O pescoço. As clavículas, saboneteiras. Ombros largos, pele brilhante. Sua voz, seu jeito de falar.*

Quer me foder?

Que?

Quer?

Aqui?

Vamos ali.

Fui. Direto, sem hesitar. Ela na frente, abrindo caminhos. Paramos embaixo de uma árvore, no quintal. Ela me encosta na árvore com força e agilidade. Está escuro, ela cheira a fome. Seu tesão me deixa duro, meu pau dói, de tão duro.

Quer que eu morda teu pescoço ou sugue teu pau?

...

Pensa bem.

Abaixo as calças. Ela se abaixa, está de cócoras. Meu pau aponta para o céu. Estrelas. Ela me dá uma última olhada. Rogo:

Pelo amor de Deus, não me machuque.

Seus olhos brilham. Ela sorri devagar. Sussurra:

Não existe amor. Deus não se importa.

E me chupa. Gozo no pescoço dela.

Daí a vadia diz, sem me olhar:

Minha vez.

E enlaça meu quadril, crava as unhas em minha bunda e, rápida, abocanha minha virilha. Grito como uma menina. A maior dor da minha vida. O maior prazer da minha vida. Algum tempo depois, vejo seu rosto ensanguentado e o sorriso mais lindo. Ela se recompõe calmamente, se limpa com um lenço de seda e, antes de me dar as costas, segreda, o hálito frio em meu pescoço:

Me chamam de Cintilante. Se contar a alguém o que aconteceu aqui, volto pra te destroçar. Babaca gostoso."

11

Segue teu diário. Hoje, estranha segunda-feira, encontraste um desconhecido num restaurante. Assim narraste o episódio:

"*Deus é pura piedade*", ele diz.

Meu vizinho de mesa. Sexagenário, redondo, fala mansa. Mastiga muito devagar. Daí arremata:

Deus tem dó de mim. De você também. De todo mundo.

Pois acho que Ele não tem dó. De nada. De ninguém.

Ah, tem. Tem sim. De tudo. De todo mundo.

Por que teria?

Porque sofremos.

Não acredito nisso.

Você não sofre?

Eu vivo.

Então. Ele tem dó de você.

Nunca teve.

De mim sim. Quando Deus chora, chove. Dia chuvoso é dia de partilhar a Dor do Senhor. Todo dia é dia de duvidar. E tudo bem porque Deus entende porque também Ele duvida de vez em quando. Deus é o primeiro a entender nossas dúvidas porque também Ele cultiva as suas. Deus tem um extraordinário jardim de dúvidas divinas. Acha que se Deus não cultivasse dúvidas o mundo estaria assim? Deus é o primeiro a entender até quando duvidamos da existência Dele. Vamos ver se você adivinha o porquê.

Porque Ele próprio duvida da existência Dele de vez em quando?

Bingo.

Não acredito nisso.

No que você acredita?

Que estou vivo. Que vou morrer. Pra mim é o bastante.

Você precisa definir seu propósito no mundo.

Definir?

Escolher.

E não escolher?

É uma escolha.

É uma escola.

O que há de nobre em não escolher?

Escolher sem opções?

Invente a sua.

O que acha que estou fazendo?"

12

Aos 20 ateaste fogo em teu diário. Tuas últimas palavras, antes de riscar o fósforo: "Viver é queimar registros".

Teu pai, humilde comerciante, e tua mãe, professora aposentada do ensino primário, ambos te exigiam curso superior e carreira acadêmica. No dia em que a pressão atingiu o nível intolerável, fugiste de casa na calada da noite. Deixaste uma carta sobre a mesa da cozinha, ao lado de uma orquídea murcha. Dizia a missiva:

"Aí está. Uma orquídea morrendo. Daqui há 15 anos veremos novamente seu florescer. No meu caso, talvez antes disso. Pretendo, ao invés de estudar, viver. Atirar-me no olho absurdo do furacão. Rodarei o mundo, conhecerei outros modos de entender e encarar o problema de estar vivo, fora das expectativas convencionais. Não sei muito, mas desconfio de muita coisa. Duvido de quase tudo. A única certeza: não se pode desperdiçar a vida com ideais ou ideias frágeis demais para sustentar uma bem-aventurança. Não sei aonde bate forte meu coração. E sei que isto não está fora de mim. Precisarei, entretanto, dar a longa volta para saber. E após voltar ao ponto de onde parti, terei renascido. Nenhum sentido acho na vida de estudos e carreira acadêmica. Pretendo, após cumprir um vasto périplo, empenhar-me num trabalho que seja a exata tradução e síntese de minhas aspirações pessoais, que ainda não tenho idade para conhecer e que, estou certo, nenhuma escola me ajudará a descobrir. Só há uma escola. Para se formar é preciso viver – mergulhar – no mundo que é meu tempo, no mundo que me foi dado e no curto espaço de tempo de que disponho. A propósito, se nosso tempo é exíguo, espaços não faltam. A única maneira de dilatar o tempo é expandindo espaços e acumulando experiências até onde isto seja possível."

13 [Vida Adulta - A Grande Jornada]

De teu encontro com um leão. Que terias estado em algum país africano e que ao tentar atravessar ilegalmente a fronteira – da Namíbia, Botsuana, não se sabe ao certo – rumo à África do Sul, terias invadido uma grande reserva natural, onde, dizem, imperam os cinco grandes da savana: o Elefante, o Rinoceronte, o Leopardo, o Búfalo e o Leão.

O que se diz é que foste devidamente avisado sobre os perigos da travessia, mas que, ao invés de temer por tua vida, terias dito em tom jocoso: "Já estive em rota de colisão. Preciso agora conhecer a Rota do Leão."

Assim, munido apenas de um cajado, atravessaste a reserva em noite de lua cheia. Contam que, ao topar com um macho alfa, terias estacado com teu cajado e constatado: hora de ficar parado. O Leão te encara, olhos sobre tua alma, orelhas em pé, rabo em riste. Encaras o predador. O animal está a alguns metros de teus pés, péssima notícia. Leões, em geral, temem humanos, mas nessas horas isto é um detalhe sem importância. Muitos refugiados que por ali passaram foram devorados vivos, a lua ilumina as ossadas ao redor, o que significa que este predador em particular não o teme e seu cajado é para ele um graveto. Dizem os africanos que leões que comem humanos deixam de temê-los.

Agora estás parado como uma árvore numa noite sem vento, mas teu coração ribomba entre as costelas. O Leão sabe que não és páreo para ele. No entanto, – e estranhamente – limita-se a observá-lo com grande curiosidade.

– Vai ficar aí parado?

Por um momento queres olhar para trás, a ver se não é uma alma corajosa com o firme propósito de te salvar. Mas como desviar o olhar daquele olhar?

– Vai ficar aí calado?

– ...

– Tá espantado?

– ...

– O que faz aqui a essa hora?

– O Caminho do Leão.

– Perdão?

– Vais me comer?

– És um bosta sem saída.

– No momento sim.

– Refiro-me a sua condição. Devia desistir. Escolher não viver.
– Sou um sobrevivente. A vida veio para mim como um extra.
– Não mereces o extra. Morra depressa. E em silêncio.
– Queria saber como caçam os predadores na escuridão.
– O que quer é adular-me para poder contar vantagem aos outros.
– Se tivesse que comer um pedaço meu? Qual seria?
– És um bosta, mas tens colhões.
– Sou um bosta. Sei disso.
– Acha que saber faz diferença?
– Um pouco.
– Quase nada.
– Quase nada tá bom pra mim.
– Você é metido a espertinho.
– Um pouco.
– E a engraçadinho.
– Raramente.
– Taí. Apesar de você, fui com a tua fuça.
– Isso quer dizer?
– Por enquanto nada.
– Vais me comer ou não?
– É o que queres?
– O que quero é saber o que queres.
– Tire o cavalo da chuva.
– Não tenho cavalo. Não está chovendo.
– O escolhido pela nossa fome é um ser específico. És banal.
– Mentira. Predadores comem de tudo.
– Comemos força. Você é um fraco. Um tanto engraçado, mas fraco.
– A fraqueza é superior à força.
– Não aqui. És transparente. Posso ver através do teu corpo.
– No entanto falas comigo.
– É só por não ter nada melhor a fazer nessa hora escura.
– Deixa eu te seguir esta noite.
– E por que deixaria?
– E por que não?

– Razões não faltam.
– Por favor.
– Que propósito haveria em seguir quem te despreza?
– Sou imune a desprezos.
– És imune a si próprio.

14

Em Kowloon estiveste perdido. Não sabia o porquê, apenas que pretendia estar perdido em algum grande centro urbano esquecido pelo mundo ou num fim de mundo esquecido pelo mundo. Após certa pesquisa ficaste entre Kowloon (Hong Kong, República Popular da China) e Belágua (interior do estado de São Luis, Brasil).

Escolheste Kowloon.

Lá arranjaste um buraco para morar. Não foi difícil. Ficava num caixote claustrofóbico de arranha-céus, num distrito chamado Kowloon Walled City, com mais de trezentos prédios, todos construídos sem qualquer planejamento e com 15 andares, colados uns nos outros, entupidos de microapartamentos e com a mais absurda densidade populacional do undo (33 mil pessoas por 0,3 km²), onde reinava o crime, a clandestinidade e péssimas condições de vida. A cidade foi abandonada pelo governo chinês e pelos colonizadores ingleses. Apesar disso, ninguém reclamava e todos viviam em relativa paz. Cada qual fazia o que bem entendia, ninguém pagava impostos e os pequenos comércios locais seguiam em frente, lentos e precários, porém livres do controle do estado e da polícia. Como é de praxe em lugares assim, os governos se negavam a se responsabilizar por sua administração.

De modo idêntico a qualquer grande cidade, a taxa de criminalidade em Kowloon crescia na medida em que aumentava a densidade populacional. Hordas de estrangeiros asiáticos e europeus para lá acorriam, na esperança de terem paz e não serem extorquidos por governos e policiais corruptos. O raciocínio era lógico: entre ser extorquido e viver em péssimas condições e não ser e viver em idênticas, a segunda opção parecia, de longe, a mais aceitável.

Ainda antes disso, após a segunda Grande Guerra, milhares de fodidos e foragidos da lei passaram a ocupar a cidade. Kowloon tornou-se conhecida por seus inúmeros bordéis, cassinos, salões de cocaína e ópio, negócios altamente rentáveis que só faziam aumentar os índices de criminalidade.

E foi nesta "pocilga de escombros humanos" – assim a conceituava um intelectual francês, escritorzinho de merda, um de teus vizinhos, que lá decidiu isolar-se para escrever e para, segundo suas próprias palavras, "familiariza-se de perto com os horrores da humanidade compactada em latas de sardinha" – que moraste como cidadão livre, livre de impostos, relativamente saudável, exposto a perigos e violências nem mais nem menos urgentes dos de qualquer outra grande cidade do mundo.
Somente quando os governos chinês e britânico decidiram pôr a cidade abaixo (por considerá-la "um severo problema sanitário mundial"), deixaste Kowloon para trás, não sem antes apreciar a espetacular implosão dos 300 arranha-céus de Walled City, dos quais guardas estranhas e notáveis e vívidas memórias.

Teu vizinho mais digno de nota era um velho chinês metido a sábio, um inútil devorador de gohan e viciado em missoshiro. Morava com a nora, viúva de seu filho mais velho. O filho havia morrido por causa de um surto de salmonela, ocorrido há alguns anos, responsável por uma epidemia de febre tifoide que matou muita gente na cidade, sobretudo naquela área. Como reza a tradição chinesa, a nora cuidava do sogro até enterrá-lo. O nome dela era Li. O dele, Jin.
Mestre Jin, como carinhosamente o chamava, tinha mania de ministrar sabedorias em pequenas doses diárias. O único a se interessar por isto em todos os 95.700 buracos daquele vasto e labiríntico conjunto habitacional era você. Note bem: só em Walled City, no último recenseamento, foram registrados cerca de 800 mil moradores. Isto segundo os dados oficiais.

Extraoficialmente, a população ultrapassava um milhão de pessoas. Não é pouca gente. E entre tantas cabeças, a única a prezar pelos ensinamentos do mestre Jin era a tua, Francisco. A tua. Veja que coisa.

Mestre Jin dizia-lhe coisas como:

1) Adie sua morte o máximo que puder. Devemos enganar a enganadora.

2) Coma a maior quantidade possível de mulheres. Não importa idade, peso, raça, credo, cor, posição social ou cheiro. Coma-as, sem dó. Isso é da maior importância.

3) Muita punheta pode lhe causar sérios problemas renais.

4) Esqueça tudo o que sua mãe lhe ensinou.

5) As mulheres não são profundas, são apenas complicadas demais.

6) Os homens não são todos necessariamente uns patifes. Alguns são burros.

7) Embrulhe mangas verdes em jornais para amadurecê-las.

8) Não fale, pense.

9) Não pense, fale.

10) Não fale nem pense, ande; devagar.

15

Hum, a menor cidade do mundo, fica na Croácia e tem 29 habitantes. Após ter sido despejado do úmido labirinto de insalubridade e goteiras escrotas de Kowloon, seguiste a pé até Hum. Sim, aproximadamente 8.864 quilômetros. Não é brincadeira. Mas tu, Francisco, és foda. Não brincas em serviço. Missão dada é a porra da missão cumprida. E não importa o que os jornais do globo digam ou deixem de dizer, tu farás o que é preciso.

"É preciso peregrinar a pé até... hum... se queres, de fato, achar teus descaminhos". Palavras do mestre Jin, ditas em noite de lua meia. Era noite de céu preto sem estrelas, somente a lua cortada ao meio por um cirurgião geômetra.

Na véspera do dia em que Walled City fora implodida pelos agentes de desocupação e em que todos foram chutados a cacetetes e pontapés de seus buracos, a comunidade decidira dar uma grande festa. Afinal, tinham sido aqueles, até então, os melhores dias de suas vidas. Dias de liberdade, sem governo, sem polícia, sem impostos, sem lacrimogêneo. Mestre Jin e sua nora Li te convidaram pra comer gohan e tomar missô e saquê com eles. Chamaram o francês escritorzinho de merda também, mas este não falava e quase não comia e, quando falava, falava merda, de maneira que todos o ignoravam e sua presença era como um imperceptível vento de verão.

Tornara-se um teu hábito levar a sério cada palavra proferida pelo velho chinês, de maneira que não percebeste que no momento de dizer o nome do lugar até o qual deverias peregrinar, ele pigarreou, emitindo um significativo "hum". Em verdade, o velho esquecera o nome e tentara tergiversar de modo canhestro. Ainda assim, Hum passara a ser "o lugar" para ti.

Após consultar mapas nos compêndios do escritorzinho, descobriste que Hum ficava no interior remoto da Croácia. Latitude 46.1192, longitude 16.274, 46° 7′ 9″ norte, 16° 16′ 26″ leste, altitude 287 metros, clima oceânico.

16

Para Hum empreendeste longa e extenuante caminhada. Atravessaste a China, Cazaquistão, sul da Rússia, Ucrânia, extremo norte da Moldávia e Romênia, Hungria, até esbarrar em Zagreb, capital croata, onde te informaram que Hum ficava a 42 km dali.

Segue a lista de duvidosos eventos que, segundo tuas notas de viagem, avistaste por teus descaminhos.

China

Um mendigo roga a um nobre cidadão: "Se teus proventos te sustentam e não queres dividi-los, diga-me ao menos em quem devo votar nas próximas eleições. Estou perdido e quero ser um cidadão responsável e votar direito". O nobre cidadão se nega a conceder um palpite ao mendigo, pois para ele o voto, além de obrigatório, é sagrado e secreto, individual e intransferível e que é absurdo tentar convencer alguém a votar em quem quer que seja. O mendigo diz: "Mas cidadão, eu pago! Quanto você quer pelo seu voto?" O cidadão diz: "Quinhentas pratas". O mendigo vasculha os bolsos e, com o que tem, paga. Depois diz: "Em quem?" O cidadão segue seu caminho e, de costas, grita: "Vote em branco. Ou desenhe genitálias na cédula". O mendigo grita de volta: "Em branco é só não apertar nenhuma tecla e confirmar o voto. Mas como desenhar genitais numa cédula digital?" O nobre cidadão some entre os carros.

Cazaquistão

Duas famílias rivais de aldeões disputam a guarda de uma menina. Um deles, espécie de juiz, ameaça cortar a criança ao meio. Ninguém faz qualquer objeção. A criança é cortada ao meio. Cada família fica com metade do cadáver. A paz volta a reinar na aldeia.

Sul da Rússia

Nas cercanias de Volgogrado (ex-Stalingrado), às margens do rio Tsaritsa, um homem grande feio e peludo, que se diz "irmão dos lobos", tenta me assaltar. Digo a ele que nada tenho. Ele grita que não arredará pé dali de mãos vazias, pois não tem esse hábito. Acho engraçada a expressão "pois não tenho esse hábito" e deixo escapar uma risada. Levo um soco na cara e acordo um tempo depois em seu colo. Ele me ampara como se eu fosse uma criança e canta para me embalar. Acho estranho e pergunto: "O que é isso?", e dá-se entre nós o seguinte diálogo:

Isso o quê? Alguém te querer bem?

Você quer me assaltar.

É a mesma coisa.

A troco de que quer meu bem?

A troco de uns trocados.

Meus bolsos estão vazios.

E este coração, como anda?

Pulsando. Uma batida depois da outra.

Eh estrangeiro. Pernas cansadas, descanse.

Não estou cansado.

Eh estrangeiro.

Pare de me chamar de estrangeiro.

Estrangeiro não tem nome.
Você é feio. E muito velho.
Velho é você, jovem.
Quantos anos você tem?
Quantos você me dá.
134.
Tenho cara de moleque?
232?
Calma.
177?
Tá esquentando.
183.
Pelando.
185.
Bingo.
É muito.
Pouco.
E o tédio?
скука.
Que é que tem?
É o nome do tédio por aqui.
E daí?
Não é palavra muita estimada.
Duvido.
Сомнения. Dúvida. Muito usada.
Você é um sábio?
Pergunta errada.
Irmão dos lobos?
Irmão do estrangeiro.
Por que insiste nisso?
No quê?
Em me chamar de estrangeiro?
Primeiro estrangeiro legítimo que cai em meus braços.
Legítimo?

O tal que nasceu na Lua em missão secreta.

Quem foi o arrombado que lhe contou isso?

Li algo a respeito.

Ok, posso lhe dar uns trocados.

Fechado.

Mas quero respostas em troca.

Mais de uma?

Duas ou três, no máximo.

Manda.

Por que existem pessoas desagradáveis?

Para que possas praticar vossa santa quietude. Próxima.

Qual o meu propósito no mundo?

Gigantesco e massivo buraco de empatia. эмпатия.

Existe amor?

Só a palavra. любовь.

Ucrânia

Por causa de um erro de cálculo, dou de cara com uma Cidade Fantasma. Acidente numa usina nuclear. Os moradores ficaram de voltar três dias após a evacuação. Não voltaram. O que assombra, no interior das casas, – apesar do apodrecimento, da ferrugem, do mofo, do pó, das rachaduras – é o fato de tudo permanecer intacto. Coisas subitamente abandonadas, lugares flutuantes, numa demorada suspensão, à espera de algo que não virá. Jamais voltarão. Os habitantes desapareceram, deixando seus pertences num intrigante trajeto interrompido entre algo e alguma coisa.

Caminho entre conjuntos de grandes edificações. A imagem da negação, do esquecimento, da renúncia. Um não-lugar. O velho contador Geiger marca 3.739, mas há de ser bem mais. A neve cai em pequenos flocos. Não há animais à vista, nada. Tudo branco. Ouço meus passos, minha respiração, começo a sentir medo. Estou em zona proibida, altamente restrita e perigosa. Deveria haver algum policiamento por aqui, alguém deveria me deter. Sigo em frente, a passos cada vez mais rápidos. O suor escorre por todo meu corpo, não olho para os lados. Avisto alguém vindo em minha direção, uma criança. Não, um homem, um pequeno homem. Um anão? Não. Um homúnculo? Delírio meu? Dou meia volta? Corro daqui? Pra onde? Ele está a alguns passos. Sorri para mim, como quem me saúda. Eu paro. Ele diz:

Що ви робите в Чорнобилі, брат?

...

Ти боїшся мене, брат? Не бійтеся. Я чоловік, як ти. Але невелика.

Gesticulo e emito grunhidos como um idiota, tentando fazê-lo entender que quero sair dali o quanto antes. O homenzinho sorri. O boçal não tira o sorriso da cara. Sem saber o que fazer, sorrio também. Ele fica sério e passa a me encarar com desconfiança.

Socorro. Ajuda. Eu-querer-sair-daqui.

Por que a pressa?

Você fala a minha língua?

Não. Você não fala a minha.

Esse lugar está cercado. Como faço pra sair?

Como conseguiu entrar?

Não faço ideia. Quando dei por mim, estava perdido.

Ninguém entra aqui sem querer. É preciso querer muito estar aqui para estar aqui.

O que quer dizer?

Só o que disse.

Acredite. Não entrei aqui.

Não entrou aqui. E está aqui. Como?

Pode me explicar?

Não posso.

Que que eu faço?

Toma uma sopa. Acabei de esquentar.

Você mora aqui?

Onde mais?

Sozinho?

Com quem mais?

Por quê?

Aqui é meu lugar.

Não é perigoso?

Você mora em algum lugar?

...

Ou só erra por aí?

Sim, venho de outro lugar.

De onde?

De longe.

Nesse longe onde você mora é perigoso?

Muito. Onde há muita gente, há perigos.

É isso. Aqui há perigos e não tem gente alguma. Onde você mora há perigos e está cheio de gente. Quer tomar a sopa?

A casa do homúnculo é sépia, com contornos a carvão e infinitas variações de cinza. As paredes, vincadas e irregularmente craqueladas, cheias de bolhas e falhas de reboco, parecem ter sido feitas por um artista. Há sacos de plástico de variados tamanhos e formatos pendurados por todo lado, cheios e vazios. Uma pilha de utensílios domésticos se alonga até o teto, coberto por espessa camada de mofo. Sucatas amassadas, cobertas de ferrugem e fuligem, ficam pelo caminho. O interior é espaçoso, mas de tal forma apinhado de coisas que a sensação é a de um cômodo pequeno. Três ou quatro lareiras improvisadas aquecem e iluminam o ambiente. Os móveis carcomidos de cupim e o assoalho esburacado conferem ao conjunto a sombria aparência de um sótão abandonado. As janelas, altas e pequenas, estão todas cruzadas de ripas e sarrafos. Uma delas, a maior, ao fundo, está interditada por uma porta, o que cria a estranha e nítida impressão de estarmos abaixo do nível do batente.

Ao me habituar às luzes das lareiras, começo a divisar cores, que, nessa atmosfera, são surpreendentes alívios. Ao olhar uma segunda vez, noto que são apenas reflexos fantasmagóricos; verdes, amarelos e vermelhos empalidecidos pela admirável decadência de tudo o mais.

Dois gatos esquálidos passeiam entre minhas pernas. Um deles, preto de olhos amarelos; o outro, albino, coberto de pústulas e estranhas manchas. Pergunto se os bichos têm nomes. Ele ri ao ouvir minha pergunta, aproxima-se e diz: "Nome a gente dá pra tomar posse das coisas. Os animais não são meus, são do mato." O hálito dele é algo como um esgoto a céu aberto.

Eles estão doentes.

O senhor quer falar disso?

Não.

Sorrindo, põe sobre uma pequena mesa uma grande lata fumegante. Suponho que seja a sopa. O cheiro não é bom, mas após ter sido esmurrado por seu hálito, o aroma daquilo torna-se alentador. Ele tira seu casaco improvisado, feito de plástico e materiais que não reconheço, e me serve duas conchas de uma sopa rala e esverdeada. Noto, em seus braços, manchas acobreadas sobre uma pele quase transparente. Além de branco como a neve, meu anfitrião tem olhos claros, de um verde vívido e pálido, e uma enorme cabeça inteiramente pelada. Aliás, do que pude ver, em seu corpo também não há pelo algum, e sua pele lembra a de uma galinha depenada. Em contraste com sua estatura pequena e mirrada, a grande cabeça parece flutuar acima do pescoço. O conjunto remete a um ser híbrido, de outro planeta.

Olho para a sopa. Hesito. Ele me oferece o que parece ser um naco sujo de pão. Pergunto-me onde o teria arrumado. Como quem lê meus pensamentos, diz: "É pão, pode comer. Ganhei dos ghosts."

Ghosts?

É como chamam os funcionários da usina. Eles trabalham aqui por um tempo, depois somem por duas semanas. Quando não tem pão, como raízes.

...

Coma.

O "coma", no tom solene de sua voz aguda e rouca, soa como uma ordem, como se neste fim de mundo não houvesse qualquer possibilidade de rejeitar a comida que me está sendo oferecida. Ele me observa em silêncio. Seus olhos são duas faíscas.

Depois de engolir o caldo amargo com pão mofado, pergunto se ele não tem um cigarrinho.

O que tenho aí é pra gente criada. Quer fumar?

Não é tabaco?

Não.

É o quê?

Quer fumar?

Quero.

Depois de me encarar por um tempo, o homúnculo começa a se movimentar pra lá e pra cá. Dou-me conta de que faz pouco barulho e comporta-se como um animal de tocaia. Um aventureiro afoito estaria se cagando no meu lugar, tamanha a estranheza de seus gestos e movimentos. Esforço-me para não deixá-lo notar meu espanto, embora ele sinta o cheiro do meu medo e perceba que tento escondê-lo. Essa perspectiva parece excitá-lo. De alguma forma o homenzinho está atento a cada respiração de tudo o que o rodeia, especialmente de seu nobre convidado. Imagino que, do ponto de vista de sua incomparável solidão, receber um visitante equivalha a um contato imediato de 3º grau.

A porcaria verde que engoli me revira o estômago. Experimento uma agradável sensação de flutuação, como se sob a ação de uma sutil gravidade. O homenzinho se ocupa em preparar o cigarro. Apanha um pedaço sujo de papel, coloca-o sobre a mesa e passa a manipular folhas secas, triturando-as num recipiente semelhante a um cadinho. Com extraordinária agilidade enrola o charuto, acende-o com um toco em brasa, aspira-o fartamente e solta a fumaça fedorenta.

O que é isso?

Cigarro. Fume.

Cigarro de quê?

Perdido faz muita pergunta.

Primeira vez que me chama de "perdido". Começo a achar que talvez me encaixe na categoria dos eventuais sem rumo que esbarram neste fim de mundo e que tais raros viajantes perfazem uma espécie de padrão por aqui. Mas a julgar pelo grotesco entusiasmo de meu anfitrião, meu caso não é dos mais comuns.

Não fumo o que não conheço.

Fume.

Mais uma vez o tom de ordenança, os olhos faiscantes me vigiando, a fremência ininterrupta, não somente nele como no ar que nos rodeia. Ar elétrico, inquieto, a permanente vibração a querer me alertar de um perigo iminente.

Obrigado pela sopa.

Levanto-me, apanho minhas coisas e sigo até a porta. Um súbito ardor na barriga me faz dobrar de dor. Incontroláveis espasmos e tremedeiras tomam conta de mim.

A sopa... O que era?

Sentado no chão, incapaz de me mover, gemo e tremo e agonizo de dor. Vejo os pés do homenzinho aproximarem-se dos meus. Ele segura meu rosto com extremo cuidado e põe o cigarro em minha boca.

Fume, perdido. Fume.

Fumo. Apago. Tudo preto. Nada a relatar.

Acordo jogado numa poltrona. Os gatos estão no meu colo. Miam e me encaram e se lambem sem parar. A dor desapareceu. No lugar dela, a doce sensação de um sonho, acompanhada de indescritível prazer. O homúnculo não está. Ouço passos em torno da casa. Quero me levantar, mas não consigo. Apesar de uma impressionante atividade mental, meus músculos não respondem. De repente, algo parecido com um rádio começa a procurar um dial. Escolhe uma estação de jazz. Sou arrebatado pelo som de uma agradável big-band. Curioso é que não me espanta nem um pouco o fato do rádio ter feito isto sozinho. Tudo parece vivo e autônomo à minha volta. As lareiras, cadeiras, móveis, objetos, tudo vibra e me faz companhia. Um bem estar cósmico se instala em mim como um afago. As coisas estão vivas, me observam e podem falar. Mas não falam.

Meu nobre anfitrião reaparece. Da porta me observa, mantendo o sorriso – agora pertinente – estampado em seu rosto, agora profundamente familiar.

Você não está mais perdido. Vem comigo.

Não consigo.

A um gesto dele, levanto-me com absurda fluidez. Gargalho. A gargalhada é uma sinfonia de purezas a copular com os planetas. Gargalhada aprovada com louvor máximo por uma comitiva do horizonte. A um gesto dele, entendo o amplo sentido de humor implicado na vida, imbricado no mundo e em tudo o que há no mundo. Ele fala. Sua voz é um sopro, seu hálito me aquece.

Vamos flanar por aí.

Pelos telhados?

Por onde achar melhor.

Gosto dos telhados.

Voamos juntos.

Dia seguinte. Efeito alucinógeno de droga que desconheço. O que não invalida o que vivemos juntos. Nossas visões as mesmas, vestígio algum de diferença. Para ser franco, foi como estar com a verdade por algumas horas. Ou com deus, chame do que quiser.

Moldávia

Nos arredores do distrito de Briceni, extremo noroeste do país, avisto, saindo de uma caverna, todo enlameado e com um estranho chapéu, um homem alto e muito magro. Tem nas mãos uma espécie de pergaminho. A princípio me ignora enquanto se banha nas águas do pequeno riacho que dá entrada para a grande caverna. Depois se aproxima, vagaroso, indolente e sem receios. Pergunto a ele o que tem nas mãos. Ele diz que minha curiosidade não tem limites. Digo que ele não me conhece. Diz que me conhece sim, muito bem. Pergunto de onde. Diz que não vai dizer, mas que me conhece sim, muito bem. Deixo escapar um riso de troça. Ele solta sucessivos peidos, de todos os tipos, durações e timbres, o que me soa extremamente desagradável e mal educado. Ele me estende o pergaminho. Encaro o velho pedaço de couro amarelado, onde vejo um grande texto escrito em hebraico. Parece, de fato, um objeto de alto valor. Pergunto a ele o que está escrito.

Não sabe ler?

Não neste idioma.

Ignorante.

Sim, o conhecimento escorrega em mim, sou muito lisinho.

Ele diz que o texto, muito antigo, inspirou poetas da época do Velho Testamento a redigirem o Eclesiastes. Pergunto se pode ler alguns trechos para mim. Ele começa a peidar de novo, dessa vez enquanto assobia. Digo a ele que isto é uma façanha notável. Ele ri e diz que ele mesmo é um ser notável e que é poeta, e dos grandes. Pergunto o que é ser um grande poeta. Ele me manda tomar no cu, o que me surpreende um pouco. Não sabia que por essas plagas tal mania também prosperava. Ele diz que foi nestas plagas que essa delicada expressão foi inventada. Sorri, senta-se pesadamente ao meu lado (estou sentado à sombra de um arvoredo ridículo), abre o pergaminho e põe-se a lê-lo em voz alta.

Palavras Tédio
Não Palavras Tédio
Olhos veem Tanto
Ouvidos ouvem Demais
O que foi vai Ser
O Feito de novo será Feito
Os Ventos dão a Volta
Voltam ao ponto de Voltar
As Águas dão a Volta
Volteiam e se Revoltam
Tudo Termina como Começa
Retermina e Recomeça
Saber Demais Sofrer Demais
Muita Ciência Muito Conceito
O que é Torto é Torto
O que é Falho é Falha
Sem Conserto
Tudo é Fumaça
Flutua e Passa
O que Fica é da Traça
Vaidades Apegos
Nada disso é Paz
Todo o Feito Debaixo do Sol
É Defeito
É Fumaça
Flutua e Passa

Tudo para Ocupar Homem
Tudo para Distrair Homem
Tudo para a Ruína Homem
A Grande Farsa de Deus
Fazer Homem ter Medo
Pois
Sem Medo Sem Morte
Sem Medo Sem Deus
Sem Deus Tudo é Possível
Mas
Homem não Tolera Possíveis
Homem não Tolera Estar Só
Homem Prefere Impossíveis
Homem Prefere ser a Pulga de Deus
Mas não Quer Ser uma Pulga
Homem não Tolera ser Nada
Mas Homem Nada Significa
Todo o Feito Debaixo do Sol
É Defeito
É Fumaça
Flutua e Passa
Tudo para Ocupar Homem
Tudo para Distrair Homem
Tudo para a Ruína Homem

Romênia*

Perdido numa floresta escura, encontro um homem. Sentado numa velha poltrona, junto a uma grande mesa, fuma um pequeno cachimbo. A mesa, forrada de lonas em farrapos, coberta de candelabros antigos, exibe bandejas abarrotadas de livros e licores de todas as cores. Pergunto seu nome.

Me chame de C. O senhor?

Pode me chamar de F.

F. de quê?

*As citações em itálico deste episódio são do filósofo Emil Cioran (1911-1995).

De faca, tanto faz. C. de quê?

De cuidado.

Com o quê?

Ele boceja. Pigarreia e tosse.

Sabe me dizer onde estou?

O senhor mesmo não sabe?

Sei que estou na Romênia. Não sei exatamente onde.

Sei que estou em Paris. Em minha residência, junto à lareira.

Lareira? Onde?

Atrás do senhor.

Olho para trás. Barulho de vento. Árvores dançam. Nenhuma lareira. Volto a encará-lo. A figura é um feixe de lucidez. Não preciso conversar com ele para saber que não mente, para notar que vive só no presente. O passado passou. O futuro inexiste. Apesar disso, diz:

É preciso ter um pouco de futuro ao seu lado.

O que quer dizer?

Não é importante.

Depois de um silêncio, sussurra:

Sou como a marionete quebrada cujos olhos tivessem caído para dentro.

O vento vira ventania, assobia e faz tudo mexer. Ele insiste em manter-se preso à cadeira. "A Romênia é uma prisão", murmura.

Pergunto se posso me sentar. Ele responde com um tanto faz perturbador. Nunca vi semelhante apatia. Noto que ao redor da imensa mesa só há uma cadeira, na cabeceira oposta. Sento-me. Sinto-me ridículo. Um frio me atravessa os ossos. O silêncio do senhor C. é uma sinfonia. Pergunto:

Posso fumar com o senhor?

Não prefere rezar comigo?

Não sei rezar.

O vento cessa de súbito. Um vazio se instala entre nós. Estranha calma nos faz olhar o céu. A noite cai de repente. Chamas bruxuleantes como as de uma lareira nos iluminam. De fato a luz vem de trás, embora ainda não tenha conseguido distinguir chama alguma. Não há fogo por perto, nem cheiro, nem crepitar de madeira. Inicio o diálogo.

O senhor tem alguma ocupação?

Viver é a única ocupação. Seguir vivendo.

Não sente falta de uma profissão? De um saber fazer? De um propósito?

Nenhuma. Sou um vivente profissional.

E o que faz?

Presto atenção em tudo o que diz respeito a estar vivo. Em geral, em coisas secundárias que todos desprezam. Aí está a vida. Só as coisas miúdas tem real importância. *A vida é uma ocupação de inseto.*

Então por que vive?

Não vivo.

E o que faz aqui?

A morte se espalha, ocupa muito espaço. Não sei onde cair morto.

Mortos não falam.

Só o que fazem é falar. *Mas não há salvação fora da imitação do silêncio, nem para os mortos.*

O senhor é escritor?

Era.

E por que escrevia?

Para me consolar.

De quê?

Preencher vazios. Vazios não faltam. Não há palavras o bastante. *Só escrevem os que não podem adormecer em uma fé. Por falta de apoio, agarram-se às palavras.*

O que são palavras?

Sombras de realidade. Sobras.

E seu estilo?

Não há estilo, só modelos. Meus modelos: *a praga, o telegrama e o epitáfio.*

E suas fontes?

As fontes são nossas vergonhas. *O que não as descobre em si mesmo, ou as elude, está condenado ao plágio ou à crítica.*

O que pode a crítica?

Impossível ler o outro. É como pretender ler a alma de alguém. Impossível traduzir. Só interpretar é possível. E interpretar é criar outra alma.

O senhor lê?

Não mais.

Por quê?

Ocupa muito. Preciso de espaço livre.

Pra quê?

Na cabeça.

Sim, mas pra quê?

A mente é tagarela. Se quer pensar direito, desocupe-a o máximo que puder.

Hungria

Dizem que o diabo fala em húngaro. Sempre quis saber como fala o diabo.

Nem akarja tudni, hogyan kell beszélni az ördög.

O que é a linguagem?

Az egyetlen dolog, hogy létezyk.

Então a linguagem é a realidade?

Számunkra igen. O único acesso à realidade é por meio da linguagem. De nem tudom, mi a valóság. Linguagem. Pálida sombra difusa de algo indefinível. És ezért nem létezik.

Você é o diabo?

Ki akarja tudni?

Hum (parte 1)

Ao chegar a Hum, sou informado de que os 29 habitantes do local desapareceram misteriosamente na manhã de hoje. A cidade – um minúsculo vilarejo cravado nas planícies áridas do coração da Croácia – está infestada de gente de toda parte: grande imprensa mundial, siteiros e blogueiros aguerridos, fanáticos religiosos, místicos, profetas, poetas, artistas, filósofos, sociólogos, antropólogos, psicólogos, estudiosos de fenômenos paranormais, ONGs, gente da NASA, ONU, FBI.

Explicação? Nenhuma. Apenas hipóteses e toda sorte de conjecturas.

Quando um acontecimento ou fenômeno não se deixa explicar, fica a gentalha cutucando dali e futucando e rola e inverte e delira e febre alta, nego pira e interna os outros e se interna e o governo dissimula, as autoridades parecem chacais em torno da carniça querendo desesperadamente retomar o controle do descontrole e a fúria nos olhos de alguns, a desesperança em muitos e um gigantesco ponto de interrogação flutuando acima dos demais.

Para os místicos e crentes, uma feijoada completa. Desapareceram? Simplesmente evaporaram? Claro que não. Foram levados, arrebatados. Quatro dias após o incidente já se podia consultar um vasto compêndio de informações sobre os desaparecidos. Até as intimidades mais remotas já haviam sido devassadas. Tudo em prol da vã tentativa de explicar e justificar o ocorrido.

Muitos me perguntavam se estava lá por causa do fenômeno. Esforçava-me para fazê-los entender que não, que havia feito uma longa peregrinação da China até ali etc. Todos, sem exceção, indagavam: "Ah, então você peregrinou até aqui para encontrar o mistério?" Respondia que não era nada disso, mas ninguém acreditava. Outros retrucavam: "Então por que veio? Não tem nada aqui. É um fim de linha. Só agora o mundo volta suas atenções pra cá, por causa dos arrebatados." Aos olhos dos outros, este narrador não passava de um oportunista dissimulado.

Ironia. Ao buscar a paz de um vilarejo, encontro a escória do mundo civilizado adulto responsável científico institucional religioso acadêmico e supostamente bem informado. Enfim, tudo o que mais abomino, menos os pacatos 29 habitantes.

Mestre Jim ainda me paga por isso.

Hum (parte 2)

Após sete dias bastante agitados, durante os quais permaneço na cidade, menos por vontade do que por mera curiosidade, os 29 habitantes reaparecem, todos nos mesmos lugares, fazendo as mesmas coisas que faziam no instante em que desapareceram.

Imprensa e autoridades internacionais – além de fanáticos e especuladores de plantão – fazem uma série interminável de entrevistas e colhem incontáveis depoimentos de cada um dos "arrebatados", na esperança de compreender o que de fato aconteceu e, acima de tudo, os porquês. Tive a oportunidade de acompanhar de perto um desses "inquéritos oficiais". Transcrevo-o a seguir:

"O primeiro inquisidor é grande, alto e triste. Usa óculos fundo-de-garrafa e fala muito baixo. A entrevistada, senhora idosa, sorridente e graciosa, cujo humor me fez lembrar minha falecida avó paterna, senta-se à frente dele.

O que aconteceu?

Era de manhã bem cedo. Estava cantando na frente do rádio. Engraçado que há anos não fazia isso. Estava lá cantando, alegre feito besta. Fazia calor. No momento seguinte estava calada, na frente do meu rádio e já era noite. Fazia frio. E foi isso.

A senhora está ciente de que, entre um momento e outro, passaram-se 7 dias?

Pois é, menino, eu soube. Mas tou achando que... Foi só um lapso bobo.

Num momento a senhora está cantando de manhã, com calor e, no seguinte, está calada, de noite, com frio. A senhora chama a isto de 'lapso bobo'?

Desculpe te desapontar, grandão, mas o fato é que pra mim foi.

Risos na sala. Algazarra. O coordenador do inquérito pede silêncio.

E qual foi a sensação de estar cantando, de manhã, com calor e, no segundo seguinte, estar calada, de noite, com frio?

Foi isso aí.

A senhora pode ser mais específica?

Foi isso aí que você disse. Igual que nem. A sensação foi exatamente essa. E é isso.

Novo tumulto na sala. O coordenador tenta, aos gritos, impor certa ordem.

Uma última pergunta, senhora.

Pois não.

Por alguma razão – que de toda maneira provavelmente não revelaria neste inquérito – a senhora foi compelida a sonegar informações?

Não compreendi a pergunta, pode repetir?

Relativamente ao que aconteceu, a senhora está escondendo alguma coisa?

Sim, no momento escondo a vontade de rir de você, todo sisudo e solene e grandão e metido a besta, me fazendo perguntas idiotas.

A sala vem abaixo. Gargalhadas e protestos. O inquisidor pede licença e se retira, polido e inabalável. Seu lugar é ocupado por um sujeito baixinho, magro, descabelado, óculos de aros finos.

A senhora já ouviu falar em entrelaçamento quântico?

Nunca em toda a minha vida.

Quer saber o que vem a ser isto?

Não.

E em buraco de minhoca? Já ouviu falar?

Já vi alguns quando era pequena e brincava de catar minhocas no brejo.

A senhora está ciente de que nossa realidade tem 11 dimensões e de que somente três são visíveis?

Mesmo? E as outras 8?

Estão dobradas sobre si mesmas, constituindo o que chamamos de dobras no espaço-tempo.

Olha. Interessante.

Nossa hipótese é de que a senhora foi arrebatada para outra dimensão por intermédio de um micro worm-hole e devolvida a esta dimensão pelo mesmo caminho.

Adorei.

A senhora quer saber como ou por quê?

Não, mas pelo visto deve ter a ver com o tal entrelaçamento quântico.

Precisamente. Muito perspicaz, senhora.

Fácil. Basta citar o que você ainda não tentou me explicar.

Posso tentar?

À vontade, menino. Se acanhe não.

Entrelaçamento quântico é um fenômeno da mecânica quântica que prevê que dois ou mais objetos estejam de alguma forma tão ligados que um não possa ser corretamente descrito sem que sua contraparte seja mencionada, ainda que os objetos estejam espacialmente separados por milhões de anos luz.

A velha sorri. Seu rosto se ilumina. Ela murmura:

Chega a ser engraçado.

Burburinho na sala. Ordem! Ordem! Vamos ouvir o doutor Quacker!

Quacker? O senhor tem nome de aveia?

Salva de gargalhadas. Protestos. O coordenador do inquérito transpira fartamente. Bate na mesa, esbraveja, cospe, vocifera. Silêncio. O doutor prossegue.

Sabe o que isto significa, senhora?

Não faço a mais vaga ideia.

Que vossa contraparte em outra dimensão estabeleceu com a senhora o que estamos chamando de 'contato provisório'.

E o que seria minha contraparte, rapaz?

Seria outra senhora como a senhora, só que em outra dimensão.

Agitação na sala. "Silêncio, caralho! Porra!" Todos olham para o coordenador com olhares repreensivos. Ele se desculpa e faz um sinal ao doutor, que prossegue.

Ao que parece, a senhora efetivamente esteve na malha quântica, unida a uma de suas contrapartes.

Ah, sim. A uma delas? Existem outras?

Sim, senhora.

Quantas?

Matematicamente não temos como estimar.

Prossiga.

A senhora esteve unida a uma de suas contrapartes por 168 horas. Acontece que, na malha quântica, 168 horas equivalem a 1 segundo e 68 centésimos em nossa dimensão espaço-temporal. Daí sua impressão de que nada lhe aconteceu e de que tudo não passou de um lapso bobo, o que, efetivamente, – mesmo para quem esteve incluído na experiência – é um fato irrefutável.

Silêncio. E de repente palmas calorosas. E silêncio de novo. O doutor se prepara para deixar o púlpito.

Um momento, rapaz!

Pois não, senhora.

Suponho que se para mim não fez qualquer diferença, se não tive acesso à experiência, tudo não passou de um lapso bobo e toda essa especulação, precisamente por não passar de uma especulação, não tenha qualquer valor científico ou humano. E todo este pomposo inquérito, nenhuma razão de ser.

E um silêncio abissal se abate sobre a sala.

O terceiro inquisidor é um cardeal do Vaticano. Não usa óculos. É tão velho quanto a humanidade, parece existir há séculos imemoriais. A velha o encara com um adorável sorriso.

Bom dia, senhora.

Bom dia, eminência. Como vai?

Bem. A senhora?

Bem, obrigada.

Aceita um café com rosquinhas?

Obrigada, eminência. Estou bem.

A senhora é católica?

Não, eminência.

Professa ou participa de alguma crença religiosa?

Não, eminência.

Posso saber por quê?

Não, eminência.

Mal estar na sala. Ouvem-se os rumores típicos de inquietações públicas constrangedoras.

A senhora não está disposta a admitir que foi uma das 29 partícipes de um raríssimo arrebatamento extático de natureza eminentemente cristã?

Correto, eminência. Não estou disposta a admitir isso.

Posso saber o porquê?

Porque nada me aconteceu de fato, eminência. E porque, conforme já disse e confirmaram aqui, tudo não passou de um lapso bobo.

Obrigado, senhora. Sem mais perguntas.

O quarto e último inquisidor é um integrante da confraria dos iluminados Rosa-Cruz. Lembra um ser de outro planeta. Esguio, branco como a neve, grandes olhos verdes arregalados saltando das órbitas, as mãos enormes, ossudas, pés gigantes, cabelos penteados, roupas brancas. Ele faz um longo e solene silêncio antes de começar.

Nós, os Deputados do Alto Colégio da Rosa-Cruz, fazemos a nossa estada, visível e invisível, nesta cidade. Os pensamentos ligados ao desejo real daquele que busca irá guiar-nos a Ele, e Ele a nós.

Silêncio. A velha deixa escapar uma risadinha. O Rosacruciano não se abala.

Pois o que pressagiamos não é óbvio. Temos a Palavra e a segunda visão. Coisas por vir podemos predizer corretamente.

É mesmo? Então me diga: o que vai acontecer hoje à noite?

A senhora é um ser de espírito ígneo e inteligência pura.

Não muda de assunto. O que vai acontecer hoje à noite aqui, na nossa cidade? Cite alguns fatos.

Todos se agitam. A inquietação é crescente, o calor insuportável. O coordenador, agora um pouco mais calmo, pede silêncio e objeta:

Por favor, senhor, objetividade. Faça sua inquirição.

A senhora está ciente de que teve uma comunhão mística com Deus?

Não, não estou.

Chamamos a este extraordinário evento de Núpcia Química.

Núpcia química com quem?

Já o disse, senhora.

Pode repetir, por favor?

Protestos veementes. 'Ela não pode fazer perguntas! Apenas respondê-las!' A sala vira um caos descontrolado. O coordenador ameaça suspender o inquérito por tempo indeterminado. O deputado do Alto Colégio da Rosa-Cruz se retira discretamente. A senhora idosa se levanta de seu lugar, caminha até a porta e, antes de se retirar, anuncia a todos: 'Admitam. Vocês não sabem nada. Não entendem nada. Não podem explicar nada. Voltem para suas casas e conformem-se. Criem seus filhos. Plantem árvores. Escrevam um romance, se puderem. E deixem-nos em paz.'"

Hum (parte 3)

Após tais eventos, tentei me estabelecer em Hum. Minha missão se mostrara inexequível. O pacato e pacífico vilarejo, sem qualquer perspectiva de futuro ou evolução civil, transformara-se num centro mundial de especulação de todo tipo de pensamento, doutrina e instituição governamental e não-governamental.

Fim do périplo.

17 [Vida Adulta - Maturidade]

Sim, assumo isto a partir daqui. Até certa idade vivemos de memórias alheias, do que os outros contam a nosso respeito. De seus testemunhos e depoimentos. Não devemos confiar demais nessas coisas. São, no mais das vezes, invenções, estranhas lentes que nem esclarecem nem deturpam o que de fato aconteceu. Ficamos com meias-verdades. E nos contentamos com isso. Talvez porque nossas inteiras-verdades não nos expressem mais. Pois somos – e aí talvez prescinda de um "talvez" – pura construção. De sorte que – como "livres artistas de si mesmos" – devemos tentar assumir a construção de nossa subjetividade, poupando os outros do trabalho. Pois se é idiota se construir, parece-me inteiramente estúpido ser construído apenas.

Não vai no que acabo de dizer nenhum laivo de orgulho renitente ou o que seja. Sei que somos construídos pelos outros também, aliás, sistematicamente. E que aceitamos tais construções, na falta de autojuízos menos imprecisos. Acontece que muitos vivem somente disso. Quieto, quero viver sobretudo de meus próprios juízos a meu respeito. Acho mais seguro, em todo caso.

18 [Velhice - "Velho é você, jovem"]

A partir daqui fica tudo mais simples. Tudo flui. O que as viagens e aventuras me ensinaram não têm tanta importância. Não creio que, por isso, tenha me tornado melhor ou pior. O fato é que rodei, rodei e voltei ao ponto de onde parti, conforme o planejado. Hoje estou casado – bem casado, obrigado – e ganho a vida como feirante e consertador de bugigangas, além de eletricista encanador e bombeiro gasista.

Não, não estou cansado.

Moro num bairro periférico de uma cidade grande. Estou satisfeito e, não temo dizer, feliz. Tudo o mais é besteira. Deixo de lado. Sigo em frente. Se aprendi alguma coisa, após tantos anos, talvez tenha sido isso. Tudo o que sei é que sigo em frente, sempre. Depois de uma coisa vem outra. E depois outra e outra. E assim vamos. O que vem, vem porque tem de vir. O que não vem, pela mesma razão. Somos responsáveis por tudo o que nos acontece ou não. E por isso deveríamos nos arrepender? Nos culpar? Nos retratar? Porque não somos perfeitos e sempre mais fracos do que imaginamos, por isso devemos tentar nos salvar? De quê?

Devemos viver. E é isso. Já há em viver um empenho tão extraordinário. De onde vem a doença que nos faz exigir de nós bem mais do que estamos preparados e dispostos a dar? Não nego os heróis. Quer ser herói, pague o preço. Mas me deixe em paz. Não quero ser herói. Só viver minha vida, quieto no meu canto, responsável por tudo o que está ao meu alcance. O que está fora do meu alcance fica além de minhas possibilidades. Homem sem coragem? Covarde? Passei por muita coisa e já não temo covardia nem falta de coragem. Tenho idade. Não que já tenha feito minha parte, mal sei o que é isso. A menos que fazer minha parte signifique ter vivido a vida. Neste caso, estou no lucro. E se de fato é pecado ter nascido, assumo a condição. Sou um pecador sem Deus. Um pecador feliz.

19

Este bairro é bom. Árvores por todo o lado. Sombras e sóis, basta escolher. Conheço todos, de uma forma ou de outra. Todos me dão bom dia, isso basta. Dou bom dia a todos, isso é bom. Só ando a pé, gosto de assobiar pelas calçadas. Quando cruzo com outro, se é respeito o que vejo, sorrio. Se é indiferença, não tem importância. Se é camaradagem, sou o primeiro a parar. Bom mesmo é se misturar. O grande contexto vibra mais do que o sujeito. O sujeito é um pobre diabo. Ah, mas somos solitários e tal. Mas estamos aí, o barco é o mesmo. E, embora um tanto apertado, tem espaço pra todos. Ah, mas nossa expressão individual e tal. Pra mim isso já não parece tão importante. Nossa solidão pode ser uma escola a nos preparar para os encontros, que é o que importa agora. O resto é insegurança. Vaidades, fantasias. Autoestima? Posso distribuir. De graça. Hoje se dá muita importância a autoestima. É o contrário. Estima é coisa que se dá. Empatia é o negócio. Quando nos desarmamos e nos misturamos, sem medo e sem fazer juízo de tudo, sem querer parecer o que não somos, viramos um buraco de empatia. Um gigantesco e massivo buraco de empatia em torno do qual orbitam coisas e pessoas. Não se trata de querer agradar a todos. Apenas de tentar harmonizar-se com o que está ao redor. Podemos querer o oposto, o confronto com tudo o mais. Caminhos não faltam, basta escolher.

Perdoe o tom moral do palavreado. Sou um velho. Vivido. Vívido. Percorri caminhos tortuosos, peguei atalhos, errei, fiz escolhas. De maneira que, hoje, quase não considero os juízos que fazem a meu respeito. Esse de parecer moralista é o mais divertido. Sou um velho, já posso parecer moralista. Embora não seja.

20

Basta. Negócio de refletir é como um contrato, só presta pra estabelecer as cláusulas. Sabemos quais sejam? Suponho que sim. Ao menos posso já dizer que sei, digam o que quiserem. Detesto fuçar fundo de gavetas, não sou de reler contratos. Tampouco de conferir os termos e barganhar minúcias. Sou um homem, não um pé de alface.

A vida. Sem dúvida bem mais interessante. Atirar-se sobre ela como um animal apressado. Devorá-la antes que possa ter tempo de desejar nossa carne.

Na feira vendo tomates. Vermelhos. Se visitar minha barraca, verá que não há verdes entre os vermelhos. Apenas uma bela coleção de vermelhos, ordenada de modo agradável aos olhos. Acho graça quando meus vizinhos feirantes vêm dizer que aparência não importa, que o que importa é a qualidade do produto. Acho graça e ensino a eles a arte de construir esculturas com seus produtos de qualidade. No fim da feira alguns vêm me agradecer. Porque vendem três vezes mais do que quando deixam seus produtos expostos de qualquer jeito, jogados uns sobre os outros.

Todo mundo é artista. E é pelos olhos que conquistamos os fregueses.

21

A casa onde moro é uma ruína bem comportada. Devo ter sofrido influência do fantasma de Chernobyl. A propósito, nunca menciono experiências de vida a ninguém, nem à minha companheira.

A companheira que pedi ao destino. Envelhece comigo. Lenta e cautelosa, redonda, fala mansa, ansiedade zero. Quando chego em casa, depois de um dia cheio, beijo sua nuca, pois quase sempre está de costas para mim, fazendo algo que nem sempre compreendo. Em situações assim, não é de conversa. No máximo um "comeu bem?"

Não temos filhos. Criamos cães e gatos que adotamos, bichos de nossa rua ou dos vizinhos ou sabe-se lá de onde que aparecem em nosso jardim.

São todos bem-vindos.

O bom dos animais é que não falam, não enchem a paciência. Desejos simples. Comer, cagar, dormir. Dar e receber afeto. E assim seguem, sem planos ou perspectivas.

O ideal máximo de um cão, por exemplo. Querer estar bem acompanhado, suponho. Muito justo. Viver sozinho é estúpido e antinatural. Só mesmo nas grandes concentrações de gente, nas vastas florestas de concreto e gente deste pequeno planeta, alguém se encarcerar sozinho num cubículo de 50 metros quadrados é considerado normal. Na Idade Média, o sujeito nessas condições era internado. Mas os urbanoides insistem com seus argumentos: não estamos na Idade Média, louco aqui é você, velho idiota, acorda; o mundo mudou demais nos últimos 700 anos e você perdeu o bonde. Dou razão a eles. Nasci no século errado. Mas dou conta. O que não se abre ao diálogo, apago do meu mundo. O mundo é o mundo, nada a fazer. Quanto ao meu, traço-o à minha maneira. O que não consta nele, não conta. Ou, por outra, conta, mas ignoro. Sou um alienado categórico. E não sirvo de exemplo a ninguém. Talvez por isso não tenha tido filhos. Minha linhagem e minha linguagem morrem comigo.

Vamos esclarecer este "o que não se abre ao diálogo". Não me refiro ao que me é familiar ou não ou ao que conheço, ao que aprovo, ao que me agrada ou não. Refiro-me apenas às coisas que se abrem e às que se fecham. Com as que se abrem posso manter algum contato. As que se fecham, que se fechem. Pode-se objetar de vários modos a isso. Que posso estar enganado, pois as que se fecham o fazem apenas para mim, não necessariamente para todo o resto; e que, se assim for, o problema pode estar em mim etc. Acontece que esse negócio está fora do meu alcance. Passei boa parte da vida insistindo, com fé e boa vontade, nas coisas que se fecham. Com pouquíssimas consegui algum resultado. Já com as que se abrem, nas quais também empreendi grandes esforços, os resultados foram notáveis. Se considerarmos nosso limitado tempo de vida, não é preciso dizer mais nada.

Tempo a desperdiçar já não me resta.

22

Difícil omitir reflexões e opiniões. Relatar apenas acontecimentos, deixá-los falar por si mesmos. Este o desafio que por ora me ocupa.
Vejamos se consigo.

23

Dizem que a beleza é uma promessa de felicidade. Vi-a somente uma vez. Tocava um pequeno instrumento de cordas e cantava displicentemente uma canção bonita. Era nítida a sensação de que sabia, de modo quase leviano, do que sua beleza era capaz e que podia devastar quem quer que se atrevesse a contemplá-la. Mas como ela própria estava a salvo de sua luz, uma promessa de paz dela também emanava, como um aviso: "Calma, meu velho. Se te ofende o presente, – dado a ti sem vestígio de segunda intenção – recuse-o." Isso, entretanto, não foi o bastante para acalmar-me. Até hoje penso nela, todos os dias, antes de fechar os olhos e adormecer e sonhar. Em meus sonhos, sempre aparece desfocada. Esforço-me como um foquista profissional, mas o máximo que consigo é um borrão.
No sonho é aterradora a sensação de que se conseguir achar o foco, morrerei.

24

Uma vez vi uma avalanche. Muitos soterrados, fracos e fortes. Sobrevivi, mas com a íntima sensação de que podemos viver sem medo.
Nada é mais brutal e assustador do que estar vivo.

25

Este bairro parece um composto de sobras. Sobras de pedras, árvores, calçamentos, de asfalto, concreto, sobras de gente. Sobras de sobras. Fica a impressão de que tudo aqui é sobra de algo ou alguém.

Nem sempre a sobra é o pior. Nas xepas, acham-se boas maçãs. Nem sempre, mas muitas vezes.

Parece mesmo que quem ficou, restou aqui. E que o resto pulou fora. Mas não é assim em todo lugar?

26

Deuses, deem-nos palavras. Para mais dizer. Para calá-las.

27

Preciso deixar registrado, de modo reto e claro, certas coisas deste bairro. Não muitas. Certos ocorridos. Não muitos. Certos seres de paixão e luz. São poucos.

28 [Tina]

A moça é amarela. Cheira à fruta amarela. Tina o nome dela. Bonita de dar dor de barriga. Sempre aparece nos fins de feira, na alta xepa, querendo saber se guardei tomates vermelhos pra ela. Claro que guardei. Ô seo Chico, o senhor é um encanto. Encanto é você, menina. Eu pareço menina? Parece uma pintura. Ê seo Chico, sempre galante e elegante. Não abusa. Não abusa de quê? De um velho. O senhor não é velho. Tanto sou que você me chama de senhor. Isso é respeito. Sei. Sério, muito respeito pelo senhor. Quer meu respeito de volta? Claro. Esqueça o senhor.

A última notícia que tive dela. Enlouquecera e se internara numa casa de recuperação. Fora acometida por uma catatonia crônica ao se dar conta de que perdera seu único amor. Justo ela, que parecia estar – por modo de dizer – "acima do amor".

Fui visitá-la. Levei uns tomates vermelhos, pois já não tenho idade para rosas vermelhas. Ao me avistar no amplo jardim onde tomava sol, não me reconheceu. Parecia ausente e apática. Sentei-me ao seu lado. Ficamos em silêncio por um bom tempo. Uma brisa cheirosa soprava em nossa direção. As folhas das árvores farfalhavam como vozes mortas.

Você. Você é Francisco.

É, menina. Você é Tina.

Menina. Você me chama de menina.

...

Você é o Francisco? Da feira?

Trouxe tomates pra você.

Ah. Vermelhos. Como devem ser.

...

Vou comer um. Se importa?

Claro que não.

Quer um?

Não, obrigado.

...

Tomate é fruta, né?

Sim, menina. É uma fruta.

Vermelha.

...

Por que veio aqui?

Te visitar.

Pra quê?

...

Não quero sua piedade. Não preciso disso.

E quem disse que você é digna disso?

Sou digna de quê?

De tudo de bom e de melhor.

Quem disse?

...

Você realmente acredita nessa merda?

...

Quem você pensa que é?

...

Vá embora. Obrigado pelos tomates.

...

Não vai embora?

Agora não.

Tem alguma coisa pra dizer?

Acho que não.

Então por que veio?

...

Você é um velho feirante metido a besta. Metido a sabido, metido a sensível, metido a ser o que não é, a parecer o que não conseguiu ser. Enganador. Me deixa em paz. Toma teu rumo de volta pra tua ruína e me deixe sozinha na minha.

Você construiu a sua.

Cada um constrói a sua.

Resta saber se é boa ruína. Se é agradável.

A tua é?

A única coisa realmente agradável.

E seu desespero?

A única coisa com algum sentido.

Farsante desgraçado.

A única coisa que não mente.

Mentiroso.

Já menti bastante. Hoje só digo o que sinto. É um pouco sem graça, mas serve.

Tá dizendo que eu minto?

Mente?

Sai daqui.

Ou o quê?

Vou chamar os seguranças.

Vai gritar?

Vou.

Vão te amarrar. Te sedar. É o que você quer?

Quero paz.

Aqui tem paz de sobra.
O que aconteceu com ele?
Com quem?
O que aconteceu?
Isso importa agora?
Me diz o que aconteceu. Por favor.
Você sonhou com ele. Foi um sonho bom. Só isso.
E minha vida? Foi o quê?
Um sonho.
De quem?
Meu.
...
...

29 [zilda]

Desta amável senhora – conhecida como "a dona do bairro", dada sua notável autoridade em quase todos os sentidos, exceto no espinhoso de governar os próprios desejos – tenho pouco a dizer. Tive com ela um único encontro.

Vivíamos uma época extraordinária. Tudo fluía e se desenvolvia com admirável leveza e frescor. Havia acabado de voltar de minhas andanças pelo mundo e decidira abrir meu próprio negócio e me casar o quanto antes. Com a mulher certa. Não, com a parceira exata.

Há quem diga que é preciso sorte para encontrar uma parceira na vida. Discordo. Admito que possa haver um pouco de sorte nisso, não mais que isso. O que há, em essência, são olhos bem abertos e disponibilidade de espírito. Fundamento básico: depor armas, idealizações e excesso de anseios e expectativas. O resto acontece. Não a qualquer um. Mérito mais justo que este não há, em todo caso.

Foi num baile anual organizado pela prefeitura de nosso bairro, no clube dos bacanas. Não me recordo o que se comemorava. Lembro-me apenas das luzes e dos vestidos das mulheres. E de uma espécie indefinível de vibração que nos rodeava, do tipo que dispara destinos e estranhos e incríveis acontecimentos.

Zilda, a mais bela da noite, vestia um longo clássico formato A decote V de chiffon charmeuse, todo pregueado e com mangas esvoaçantes. A cor era uma coisa sem classificação, algo em torno de um azul iridescente. Sua boca resplandecia entre os bigodes bem aparados dos rapazes. Ah, pobres rapazes entre os quais me encontrava... Acompanhávamos cada movimento dela, cada sopro de vento que fazia adejar seus cabelos. Seu perfume – manjericão e lavanda com notas de fundo amadeiradas entre cedro e sândalo – espalhava um suave torpor de embriaguês por todo o salão.

Depois de algumas taças de vinho, interceptei-a no meio da pista. Tinha acabado de dançar um bolero com um safado da turma dos bem-aventurados, um engomado metido a granfino de uma família decadente da área. Ignorei-o sem reservas e disse a ela enquanto a conduzia para uma varanda do clube:

Fuma um cigarro comigo?

Desculpe, eu não fumo.

O cigarro é só um pretexto.

Pra quê?

Pra te conhecer.

Você me perguntou se quero te conhecer?

Quer me conhecer?

Não.

Eu quero.

Problema seu.

Oh Dio mio. Não deixe a boniteza te estragar não, moça.

Meu nome é Zilda.

Francisco.

Eu sei.

Oba!

Você é o tal que rodou o mundo e nasceu na Lua.

Grande coisa. A Lua e o mundo não chegam a teus pés.
Ula-lá! Conversa você tem. E nem me conhece.
Claro que conheço. Muito bem.
De onde?
Seus olhos.
Que é que tem?
Tudo o que há pra saber sobre você está em seus olhos, moça.
Zilda. Meu nome é Zilda.
Ô Zilda...
Que que você quer?
Antes de te pedir em casamento? Quero um beijo.
Você bebeu?
Não o bastante.
Com licença.
Se for embora, vai perder a oportunidade de conhecer seu futuro.
Você é louco.
Adivinho o futuro de qualquer uma que se atreva a me beijar.
Eu passo. Mas se quiser posso falar com umas amigas que adoram esse negócio de futuro.
Qual é o seu medo?
Medo nenhum.
Então me beija.

Beijo-a. Ela corresponde.

Me deixa, malandro.
Se eu deixá-la, sua vida vai ser um desastre.
...
Agora fala. Começou, fala.
...
Não é fácil.
Fala. Tudo.
Tudo?
Esperando o quê?

...
Se casar comigo, sua vida vai ser...
Não vou me casar com um aventureiro 20 anos mais velho que eu.
Não?
Não mesmo.
Uma pena.
Fala logo e cai fora!
Bem sucedida nos negócios. Sete filhos. Quatro te abandonam. Três te infernizam. A caçula, teu suplício. Dona de uma pensão. Trabalho de sol a sol, sem descanso. Amor? Nenhum. Ninguém pra te amar. O único amor de sua vida desaparece. Teu marido, aleijado na cadeira de rodas, consome seu viço sua beleza sua vida. Você se vinga. Mas tarde demais. Você desaba. A desesperança sua única companheira. Gata amarela.
...
...

30 [Ângelo]

Eis o sujeito. Movimenta-se apenas pelo bairro. Nunca saiu daqui. Não sei qual foi sua história. Não interessa. A vida começa aos 50. Antes disso era um pau oco boiando em alto-mar.

Ao se descobrir artista, quase como um Van Gogh, decidiu investir todas as forças em sua obra, convencido – como Flaubert, Proust, Kafka e tantos outros – de que a arte pode nos salvar. Ao menos preocupou-se seriamente com sua salvação, o que, convenhamos, há muito não é mais o tipo de coisa que ocupa o homem urbano médio laico dos tempos que correm.

Ângelo. Concebê-lo é como tatear o breu do coração de uma caverna. Sua obsessão sempre me parecera frágil, embora seus silêncios, sua reserva e elegante empatia, além de sua nobre e singularíssima figura, tenham me chamado a atenção no começo. Depois fui aos poucos notando em suas limitações, deliberadamente assumidas, o prenúncio de uma perigosa decadência moral e mental. Ângelo de fato encarou o abismo. Mas talvez tenha se esquecido de que, cedo ou tarde, o abismo o encararia. E de que não haveria possibilidade alguma de negociação. Não se negocia com esse tipo de coisa.

É provável que tenha deixado de lado o mais importante. A queda só deve ser levada ao extremo no que tange às coisas e assuntos ordinários. Nossos corpos, como nossos legados materiais, estão fadados a se tornarem restos. O destino humano é o retorno ao pó, ao esquecimento, qualquer estulto sabe disso, e nem mesmo o consolo dos livros sagrados pode nos confortar. Mas todo cuidado é pouco ao decidirmos abrir as portas da degradação às nossas mentes e valores. Há quem creia que isto é inevitável. Não é o meu caso. Bem vinda a ruína, até porque ela virá de todo modo. Mas há sempre um bom Borges a nos advertir: *"Não queira a infelicidade; ela virá até você".*

Minha admiração aos estetas de coração. Pois estes sabem que as únicas coisas que merecem ser elevadas são justamente as que morrerão. Não há metafísica que resista a isso.

Já o conhecia por sua mania de tomates verdes, na feira. Veio ter comigo para negociar um relógio de parede quebrado. Um belo dia, intrigado com suas evasivas, invadi seu sonho e mostrei a ele como queimar sua obra. Deu certo. A melhor coisa que fez foi tê-la destruído. Uma obra não vale uma vida.

Como recompensa, ensinei a ele o longo caminho até Hum. Hoje, é o trigésimo pacato cidadão do aprazível vilarejo. Desde então, não tive mais notícias dele. Mas pressinto que em breve será arrebatado para outra dimensão.

31 [Epílogo]

Um irmão de meu pai de criação, metido a escritor, costumava queixar-se de que inventar narrativas é um beco sem saída escuro e frio, pois tudo foi dito e redito, já tão contado e relatado com "esplêndidas e luminosas palavras" (dizia-se ponderado no uso de adjetivos, que só os empregava em casos extremos, como o de tentar explicar os ossos de seu ofício) e que a triste sina dos escribas é repetir e repisar velhas fórmulas mesmas histórias clichês de sempre dramas e piadas habituais e que os que tentam ou tentaram ou pretendem tentar escapar pela tangente dão deram darão com os burros n'água.

Eis a maldição do tio Nelson.

Já um meu amigo de viagem, sujeito sério infinitamente reservado que encontrei em minhas andanças de juventude, disse certa vez que escrever é tão bom que mesmo quando é ruim, é bom. E que sequências de palavras são como códigos genéticos: nunca se repetem.

Oscilo entre os dois, mas tenho os pés mais fincados no amigo.

Bom mesmo é inventar destinos

Rio de Janeiro, 2011-2014